Elster & Salis WIEN

Jakob Pretterhofer

DIE ERSTE ATTACKE

ROMAN

Jakob Pretterhofer
DIE ERSTE ATTACKE

VERLAG   Elster & Salis GmbH, Wien
office@elstersaliswien.com
www.elstersaliswien.com

LEKTORAT   Anja Linhart
SCHLUSSREDAKTION   Senta Wagner
GESTALTUNG UND SATZ   Michael Balgavy, DWTC

DRUCK   CPI Books GmbH, Leck

1. Auflage 2024
© 2024, Elster & Salis Verlag GmbH, Wien
Alle Rechte vorbehalten

ISBN 978-3-9505435-06

„All I want to do is
save the children, not destroy them.
More than anything, I love children.
More than anything."

Miss Giddens in *The Innocents* (1961)

1. JULI

Heute Nacht hatte ich einen Albtraum. Und ich fand ihn großartig. Er wirkt noch nach wie ein guter Horrorfilm. Ich kann natürlich niemandem davon erzählen und ich will auch nicht mehr daran denken, sonst setzen sich die Bilder der Bedrohung noch in meinem Kopf fest.

Klara hatte dafür seit zwei Monaten keinen Albtraum mehr. Oder erzählt sie es einfach nicht, so wie ich? Jedenfalls wacht sie nachts nicht mehr schreiend auf und schläft wieder in ihrem eigenen Zimmer.

Und obwohl ich an meinem Albtraum Gefallen gefunden habe oder gerade weil ich daran Gefallen gefunden habe, muss ich mich wieder besser selbst beobachten. Ich muss die Geschehnisse des Tages protokollieren, um, wenn sich der Traum wiederholt, besser vorbereitet zu sein und mich auf Spurensuche begeben zu können. Ich kann Klara und ihren Bruder nicht nach Grundsätzen erziehen, an die ich mich selbst nicht halte. Zuerst müsste ich mich aber einmal dringend erholen. Leider fahren wir morgen auf Urlaub.

2. JULI

Für Judith und mich kamen nicht viele Paare in Frage, mit denen wir auf Urlaub fahren konnten. Wir sind ja für vieles zu haben, auch andere Lebensentwürfe zum Beispiel, aber wir nehmen den Schlaf und die Träume unserer Kinder sehr ernst. Wir wissen, es gibt Leute, die finden das übertrieben. Manche Eltern praktizieren die liebevolle Verwahrlosung, von der lieblosen Verwahrlosung ganz zu schweigen. Aber wir können nur mit Paaren auf Urlaub fahren, die dem gesunden Kinderschlaf die Wichtigkeit beimessen, die ihm gebührt. Zum Glück rückt die Bedeutung dieses Themas von Jahr zu Jahr mehr ins Zentrum der öffentlichen Aufmerksamkeit, zumindest von Eltern, und mittlerweile sind alle unsere Freunde im Prinzip unserer Meinung beziehungsweise sind die, die anderer Meinung sind, nicht mehr unsere Freunde. Das bedeutet nicht unbedingt, dass wir uns deswegen mit ihnen streiten, aber wir fahren auf jeden Fall nicht mehr gemeinsam auf Urlaub.

So fiel die Wahl auf die Bründlmayers und die Riedls. Wobei eigentlich haben die Bründlmayers uns und die Riedls ausgewählt, denn die Bründlmayers geben in unserer Runde definitiv den Ton an.

Wir haben nicht sehr viel gemeinsam, außer unsere Überzeugungen im Hinblick auf die Kindererziehung. Und dann ist da noch die gemeinsame Schulzeit von Eva Bründlmayer, Christine Riedl und Judith, die schon zwei Jahrzehnte zurückliegt. Diese Freundschaft hat sich dann auseinanderentwickelt, weil, so glaube ich zumindest, die drei durch ihre Studien in andere Kreise geraten sind: Die Bründlmayers zählen zu den Karrieristen mit Jus- und BWL-Studium, die Riedls zu den Leistungsstipendiums-Studierenden in Bibliothekslerngruppen, und Judith und ich zu den dauerfeiernden Hipstern.

Unsere Erstgeborenen sind fast gleich alt. Deshalb haben sich Judith, Eva und Christine wieder angenähert und ich habe Paul Bründlmayer und Sebastian Riedl kennengelernt, die ich sonst niemals kennengelernt hätte.

Heute Morgen sind wir abgefahren. Jetzt sitze ich in einer Ecke des riesigen Aufenthaltsraums unserer Hütte und versuche, meinen Vorsatz in die Tat umzusetzen und die Geschehnisse des Tages so ehrlich wie möglich aufzuschreiben.

Die letzten Wochen vor der Abreise hatte ich mich müde und ausgelaugt gefühlt und sehr auf den Urlaub gefreut. Aber als ich dann im Auto das Geraunze von der Rückbank hörte, fragte ich mich, ob es nicht besser gewesen wäre, die Kinder zu Judiths Eltern zu bringen und zu zweit in eine Therme zu fahren. Denn obwohl Judith immer schon mehr Energie hatte als ich, ging es ihr wohl genauso. Zumindest vermutete ich es, in letzter Zeit waren wir abseits von organisatorischen Fragen kaum dazu gekommen, uns zu unterhalten.

Ich versuchte mich auf die kurvige Bergstraße zu konzentrieren, während Judith auf ihrem Smartphone herumdrückte und Klara und Elias sich um das Tablet stritten. Sie wussten, die Autofahrt würde für die nächsten Tage die letzte Möglichkeit sein, sich ein Youtube-Video anzuschauen oder „Candy Crush" zu spielen. Auch ich hatte mir vorgenommen, mein Smartphone im Urlaub nur im Notfall zu benutzen und vor allem mich nicht mit den Nachrichten zu beschäftigen. Ich hatte genug von Kriegen, aussterbenden Tierarten, ertrinkenden Flüchtlingen und Überflutungen.

Ich hoffte, dass ich mich nach den letzten Monaten Judith und meinen Kindern wieder annähern könnte. Speziell Klara hatte sich von mir distanziert. Kein Wunder, nach allem, was passiert war. Aber ich hatte kein schlechtes Gewissen, denn sie hatte ja keine Albträume mehr. Gleichzeitig sehnte ich mich nach den ungezwungenen Blödeleien, den Fantasienamen, die wir uns früher an den Kopf geworfen hatten, und ich vermisste es, dass sie sich auf dem Sofa eng an mich drückte, während ich las oder Musik hörte – nach Meinung der Verwandtschaft zu laut, vor allem für Kinder, aber das war mir egal, denn Klara schien es sogar zu beruhigen.

Ich freute mich auf die Wanderungen und Lagerfeuer mit Steckerlbrot, wenn das Wetter es zuließ, und ich mochte auch den Schullandwochen-Charme unserer Unterkunft. Die erzwungene Ruhe in teuren Wellnesshotels machte mich sowieso eher nervös, als dass sie mich entspannte. Ich hatte dann das Bedürfnis nach lächerlichen kleinen rebellischen Gesten, wie zum Beispiel besonders laut mit meinem Besteck zu hantieren oder mich vor dem Schwimmen im Pool nicht abzuduschen.

Trotzdem musste ich mir eingestehen, dass die Idee, mit zwei Pärchen und fünf Kindern gemeinsam Zeit in einer Selbstversorgerhütte zu verbringen, vor zwei Monaten, als wir es beschlossen hatten, verheißungsvoller geklungen hatte als im Moment der Abfahrt. Ich hatte mir eingeredet, die Kinder würden sich miteinander beschäftigen, etwas, was ich mir schon oft eingeredet hatte und was so gut wie noch nie eingetreten war. Vielleicht täuschte ich mich auch, sie kannten sich ja von gemeinsamen Freibadbesuchen und Wochenendausflügen, aber der erste Urlaubstag heute hatte mich in dieser Hinsicht nicht besonders optimistisch gestimmt.

In einer weit ausholenden Kurve lenkte ich den Wagen nach rechts in eine Einbuchtung am Bankett, bremste abrupt ab und sagte: „Der Motor brennt", weil ich dachte, es sei der richtige Moment dafür.

Judith schaute wenig begeistert von ihrem Smartphone auf. Die Kinder reagierten gar nicht, sondern spielten weiter mit dem Tablet.

„Der Motor brennt", wiederholte ich.

„Muss das sein?", fragte Elias.

„Der Motor brennt!", sagte ich ein weiteres Mal, diesmal mit Nachdruck.

„Zuerst das Fahrzeug an einem sicheren Ort zum Stehen bringen", sagte Klara dann, „rolle noch ein bisschen von den Bäumen weg."

Klara war wieder einmal die Verlässlichste. Und sie hatte recht. Ich platzierte auf ihre Anweisung hin das Auto so, dass ein Feuer eines potenziell brennenden Motors möglichst nicht auf die umliegenden Bäume übergreifen konnte.

Elias murmelte irgendetwas von einem Highscore, dann legte er aber das Tablet auf die Sitzbank neben sich, sagte: „Warnblinkanlage einschalten", schnallte sich ab, beugte sich nach vorn und drückte die rote Taste am Armaturenbrett.

„Motor abschalten", sagte Klara, ich betätigte den Knopf unter dem Lenkrad.

„Aussteigen und in Sicherheit bringen", sagte Elias, „am besten mindestens 50 Meter Entfernung zum Auto herstellen."

Wir verließen zügig das Auto und gingen am Bankett bergauf, der Schotter knirschte unter meinen Schuhen. Judith war zwar mit uns ausgestiegen, hatte aber den Blick weiterhin auf das Smartphone in ihrer Hand gerichtet.

„Die Feuerwehr anrufen", sagte Klara, „unter der Nummer 112."

„Auf das Eintreffen der Rettungskräfte warten", sagte Elias. Ich lobte Klara und Elias und war stolz auf sie, denn sie hatten keinen Punkt im Ablauf vergessen.

„Ich weiß, es ist lästig, aber wenn einmal wirklich etwas passiert, werdet ihr mir dankbar sein", sagte ich.

Judith nickte zu meiner Unterstützung, dann drängte sie mich zur Eile, sie wollte nicht nach der verabredeten Zeit bei der Hütte ankommen, ich wisse ja, wie die Bründlmayers seien. Ja, das wusste ich.

„Ja bitte, fahren wir weiter. Ich mag noch spielen", sagte Elias, rannte zurück zum Auto und Klara folgte ihm. Sie nahmen die Übung überhaupt nicht ernst und hatten nur mitgemacht, weil ich es von ihnen verlangt hatte. Mein Stolz auf sie war verflogen.

Zurück hinter dem Lenkrad merkte ich erst, wie genervt ich war. Ich versuchte mein Bestes mit Klara und Elias, ich versuchte einfühlsam zu sein und klar zu kommunizieren, aber in letzter Zeit hatte ich immer öfter das Gefühl, es reichte nicht. Ich war nicht unglücklich, ich war in den vergangenen Jahren sogar so glücklich wie selten zuvor gewesen, weil mein Leben mit den Kindern einen Sinn hatte und auf etwas ausgerichtet war, aber gleichzeitig war ich zermürbt, ich war überfordert, ich war am Ende meiner Kräfte. Deswegen kam der Urlaub gerade richtig, und deswegen hatte ich auch meine Zweifel, ob der geplante Urlaub in dieser Form der richtige war. Der erste Tag hatte diese Zweifel zwar nicht vergrößert, aber auch nicht beseitigt.

Ich liebte Klara und Elias, und das machte es noch schwerer mit ihnen. Viele meiner männlichen Arbeitskollegen beschäftigten sich höchstens am Wochenende mit ihren Kindern und erzählten nach einem Papamonat, wie furchtbar anstrengend dieser für sie gewesen sei. Sie hingen noch immer einer altmodischen Idee der Vaterrolle nach, vermutlich, weil diese einfach bequemer war. Judith und ich versuchten, uns alles fifty-fifty aufzuteilen. Das war eine Selbstverständlichkeit für uns, auch wenn ich mich regelmäßig daran erinnern musste.

Bevor Judith Elias auf die Welt gebracht hatte, hatte ich kaum Kontakt zu Kindern gehabt. Die Verwandtschaft mit Nachwuchs lebte über das Land verteilt, und ich traf sie zu Weihnachten und eventuell zu Ostern zu einem gemeinsamen Essen, wobei sich die Kinder bald vom Tisch verabschiedeten und ich sitzen blieb. Und in meinem damals noch existenten Freundeskreis gab es auch keine Jungeltern.

Und so hatte mir schon die Vorstellung Schweißausbrüche verursacht, einen Säugling im Arm zu halten oder kleine Kinder auf dem Spielplatz zu beaufsichtigen. Elias' erste Versuche in der Sandkiste hatten extremen Stress für mich bedeutet. Was sollte ich tun, wenn ein anderes Kind fies zu meinem Sohn war? Was sollte ich tun, wenn mein Sohn ein anderes Kind schlug? Was sollte ich tun, wenn ich die noch nicht fertig ausgebildete Kindersprache einfach nicht verstand? Wann sollte ich einschreiten, wenn er begann, sich Sand oder Kieselsteine in den Mund zu stopfen? Ich wollte nicht zu früh eingreifen, mein Sohn sollte ja lernen, dass Sand nicht zum Essen da war, aber ich wollte auch nicht zu spät eingreifen, er sollte ja nicht zu viel Sand verschlucken. Ich wollte kein unaufmerksamer Vater sein, aber auch keiner, der sein Kind nichts selber entdecken ließ. Zu meiner eigenen Verwunderung, und wohl auch zu Judiths, fand ich mich dann aber sehr gut in der Vaterrolle zurecht. Nur auf die Albträume war ich nicht vorbereitet gewesen.

Die Hütte lag an der Straße, etwas erhöht und hinter einem schmalen Waldstreifen, sodass man sie vom Auto aus bloß erahnen konnte, als Judith darauf zeigte.

„Das ist ja einfach nur ein Haus", sagte Klara enttäuscht.

Und sie hatte recht. Sie hatte sich vermutlich ein uriges Holzhäuschen mit Fensterläden und Blumenkisten mit heruntterhängenden Geranien erwartet, aber die Hütte war ein massives, zweistöckiges Haus, das vor allem auf Schulausflugsgruppen und Jungscharlager ausgelegt war, wie ich auf der altmodischen Website gelesen hatte. Es war offensichtlich rein funktionell geplant worden, für Alpincharme war da kein Platz gewesen. Judith nannte das Haus aus Gewohnheit Hütte, einfach schon weil es auf über eintausend Meter Seehöhe lag. Als Studentin war sie oft mit einer größeren Gruppe für ein paar Tage hierhergekommen, darunter auch

Christine und Eva. Judiths Schilderungen der Hütte und die Fotos online versprachen eine einfache Unterkunft. Das hatten wir bewusst so ausgewählt. Die Kinder sollten ein wenig Abstand von ihrem digitalisierten Leben in der Stadt gewinnen und sich auch einmal in Bescheidenheit üben. Ich hatte als Kind nie verstanden, warum ich mich in einer Welt des Überflusses in Bescheidenheit üben sollte, aber als Vater hatte ich nun eine andere Sicht der Dinge.

Ich nahm den von der Hauptstraße abzweigenden geschotterten Feldweg, und nach einer Spitzkehre und dem per Nummerncode 4-2-3-9 zu öffnenden Tor waren wir da.

Das Haus war ein noch massiverer Block, als ich es mir vorgestellt hatte. Teilweise bröckelte der Putz von den Wänden und das Weiß war an einigen Stellen zu grauen Flecken nachgedunkelt, sonst machte die Unterkunft einen soliden Eindruck. Vor dem Gebäude lag eine ebene Wiese mit Lagerfeuerplatz, dahinter stieg der Hang steil an, rundherum alter Baumbestand.

Der SUV der Bründlmayers stand bereits auf dem einzigen asphaltierten und vermutlich schattigsten Parkplatz direkt vor der Tür. Sie waren wohl als Erste angekommen und schon fertig mit dem Ausladen, obwohl wir uns für zehn verabredet hatten und es laut digitaler Anzeige neben dem Tachometer erst 9:57 Uhr war. Aber das war nicht anders zu erwarten gewesen. Die Bründlmayers wollten unbedingt die Wahl haben, welches ihr Zimmer sein sollte, sonst würden sie den ganzen Aufenthalt darüber diskutieren. Mein Vorsatz, Paul Bründlmayer nicht weiterhin als Volltrottel abzustempeln, wurde damit allerdings gleich zu Beginn erschwert.

„Hey, ihr seid ja auch schon da!", begrüßte er uns im holzvertäfelten Aufenthaltsraum, der so groß war, dass leicht eine ganze Schulklasse mitsamt Aufsichtspersonen darin Platz fand. Es gab weder einen Fernseher noch einen Internet-Router, dafür einen Holzofen, schmuddelige Teppiche und einen Herrgottswinkel.

Ich setzte die Tasche und den Trolley auf dem Boden ab und versuchte, freundlich dreinzuschauen, als ich ihm die Hand hinstreckte. Er zog mich gleich zu sich, umarmte mich und klopfte mir dabei mit seiner Jaeger-LeCoultre-bestückten Hand jovial und zu fest auf die Schulter, damit ich auch verstand, dass die Umarmung eine männliche Umarmung war, dann Bussi links, Bussi rechts mit Eva, die ich mochte, nicht nur mehr mochte als ihren Mann, denn das war nicht schwer, sondern wirklich.

Unsere Kinder und die zwei Bründlmayer-Kinder, die neunjährige Lea und der sechsjährige Max, verhielten sich währenddessen gleich: Sie grüßten mit dünnen Stimmen, blieben dann in Deckung ihrer Eltern und musterten einander aus sicherer Entfernung.

„Fühlt sich in der Hütte genau wie früher an, oder?", sagte Eva grinsend zu Judith.

Judith nickte, aber sie war sichtlich nicht begeistert. Sie hatte auf gewisse Renovierungsarbeiten gehofft, aber der Aufenthaltsraum sah nicht danach aus. Eva merkte das natürlich ebenso wie ich und fühlte sich verantwortlich, denn die Bründlmayers hatten sich um das Organisatorische des Urlaubs, also auch um die Buchung gekümmert.

„Keine Angst, das Matratzenlager für die Kinder ist neu

bezogen worden und die Nassräume haben sie auch saniert", sagte Eva ungewohnt defensiv.

„Das heißt, das Matratzenlager ist bereit für neue Speibflecken", sagte Paul Bründlmayer.

Eva verzog bei diesem Kommentar ihres Mannes das Gesicht.

„Ihr habt da sehr viel gesoffen, so wie du mir das erzählt hast, also wird auch irgendwann einmal wer gekotzt haben, oder?"

Eva setzte einen schiefen Grinser auf, deutete aber mit dem Kopf zu den Kindern, das müsse man wohl wirklich nicht jetzt besprechen.

Ich bückte mich und hob meine Tasche hoch. „Wie machen wir das mit den Zimmern, habt ihr euch da schon was ausgemacht?", fragte ich in die Runde.

„Wir haben das Zimmer oben genommen", sagte Paul Bründlmayer, „ich hoffe, das ist okay."

Ich nickte, Judith nickte. Es war mir wirklich egal, dass die Bründlmayers sich das größte Zimmer mit Balkon ausgesucht hatten, aber ein bisschen ärgerte ich mich trotzdem, dass mir eigentlich nichts anderes übrig blieb, als zu nicken, wenn ich nicht gleich einen Streit anfangen wollte. Das konnten die Bründlmayers schon sehr gut: anderen Leuten ihren Willen aufzwingen. Aber sie waren sehr geschickt darin, auch die größte Skrupellosigkeit als charmante Geste zu verpacken. Jedenfalls kamen sie meistens mit ihren Vorstellungen durch. Und oft fühlte man sich dann nicht einmal vor den Kopf gestoßen, sondern freute sich sogar, ihnen einen Gefallen getan zu haben. Paul Bründlmayer setzte diese Fähigkeit in seinem

Geschäftsführer-Job wohl auch tagtäglich ein. Bei gemeinsamen Tagesausflügen hatte es deswegen schon öfters Streit zwischen Judith, Eva und Christine gegeben, also speziell zwischen Eva und Christine. Man musste den Führungsanspruch der Bründlmayers einfach akzeptieren, dann kam man bestens mit ihnen aus.

„Man hat mit den Kindern immer gleich so viel Zeug, oder?", sagte Eva. „Wir helfen euch beim Rauftragen", sagte Paul Bründlmayer und nahm Judiths Trolley in die Hand.

Ich bedankte mich und wiegelte die Hilfe ab, aber er war schon auf der Treppe, zwei Stufen gleichzeitig nehmend.

Die Riedls kamen ungefähr eine halbe Stunde zu spät. Ich umarmte Sebastian, aus ehrlicher Freude, ihn zu sehen und ohne dabei einen zynischen Gedanken zu haben, und ich küsste Christine mit Freude links und rechts auf die Wange. Sie war beeindruckend intelligent, außerdem roch sie gut. Konstantin, der neunjährige Sohn der Riedls, blieb während unserer Begrüßungsrunde im Auto auf der Wiese vor dem Haus sitzen. Er war wie immer sehr schüchtern. „Er braucht noch ein bisschen", sagte Christine.

Ich mochte auch ihren kleinen, dunkelblonden Burschen mit seinen traurigen Augen sehr gern. Alleine mit den Bründlmayers wäre ich nie auf Urlaub gefahren. Es war gemein, aber ich fand sowohl die Bründlmayers als auch ihre Kinder in gewisser Weise hässlich, vor allem, wenn man sie mit den Riedls verglich. Der Wohlstand der Bründlmayers, das alte und das neue Geld hatten sich wie Schleim um sie gelegt. Selbst Max strahlte mehr Selbstsicherheit aus und kannte seinen Platz in der Gesellschaft besser als ich, und dafür verachtete ich ihn.

Gerade als Konstantin schüchtern die Tür des Autos öffnete und zu uns hinaustrat, als wir Erwachsenen in einer losen Gruppe zusammenstanden und über die Anreise und die geplanten Ausflüge der nächsten Tage plauderten, stürmte Elias wie ein wild gewordenes Tier brüllend auf uns zu und hielt sich dabei einen Gamsbockschädel mit Geweih vor das Gesicht.

Ich ärgerte mich. Elias wusste doch, wie sensibel Konstantin war, der auch sofort bleich wurde und zurückwich. Zum Glück lachten die anderen Eltern milde, und Klara, Lea und Max waren eher fasziniert als eingeschüchtert, wodurch sich auch Konstantin bald wieder zu fangen schien. Trotzdem schimpfte ich mit Elias und nahm ihm den Schädel weg, den er gleich neben dem Haus gefunden hatte.

Nachdem wir alle Fenster des Hauses geschlossen, die kabellose Reiseüberwachungskamera im Eingangsbereich installiert, die Tür abgesperrt und in unseren Autos die Lenkradkrallen angebracht hatten, starteten wir unsere erste kurze Wanderung. Klara und Elias trugen ihre neuen Wanderschuhe und die wetterfesten Jacken. Trotz ihres Protests hatte ich diese in Neongelb gekauft, damit die beiden bei einer etwaigen Straßenquerung für die Autofahrer auch gut zu sehen waren.

Elias wollte zuerst seine Sportschuhe anlassen und sagte, für einen Spaziergang brauche er keine Wanderschuhe. Ich erklärte ihm, dass er die Schuhe erst eingehen musste und der kurze Weg dafür bestens geeignet war. Ich hatte natürlich alles für die Behandlung von Blasen im Rucksack, hoffte aber, nichts davon einsetzen zu müssen.

Paul Bründlmayer startete wie erwartet ungeduldig vorneweg und gab das Tempo am leicht ansteigenden, mit kleinen Pfützen übersäten Waldweg vor. Seine Familie folgte ihm angestrengt, aber meine Kinder und Konstantin hatten kein Interesse daran zu wandern, so wie ich als Kind nie Interesse am Wandern gehabt hatte, und mussten immer wieder zum Weitergehen motiviert werden, sodass die Bründlmayers bald außerhalb unserer Sichtweite waren.

Konstantin ging eng neben seinem Vater, sagte noch immer kein einziges Wort und traute sich kaum, in Elias' Richtung zu schauen. Ich freute mich schon darauf, mich mit Sebastian zu unterhalten. Seine sanfte, tiefe Stimme beruhigte mich. Wir kannten uns nicht gut, trotzdem erzählte ich ihm oft Dinge, die ich meinen Freunden nie erzählt hätte, zumindest bevor sie mir einer nach dem anderen abhandengekommen waren. Außerdem vermutete ich, dass Sebastian meine Verachtung für Paul Bründlmayer teilte, auch wenn wir das beide in dieser Form noch nicht ausgesprochen hatten.

Bei der Jausenstation ließen wir uns automatisch familienweise nebeneinander auf den Bänken nieder, so wie wir uns zuvor auch alle im Kleinfamilienverbund auf der Wanderung bewegt hatten.

Am Nachbartisch kläfften sich ein Schäferhund und ein Mischling an. Dabei umkreisten sie sich zähnefletschend und sprangen sich immer wieder an. Unsere Kinder saßen vor Angst erstarrt da. Aber der Gruppe, bestehend aus drei Männern und drei Frauen, zu der die Hunde gehörten, war das egal, sie lachten bloß über ihre dummen Tiere, dabei wackelten die dicken Bäuche der Männer und die weißen Zähne der Frauen hoben sich von ihrer ungesund braunen Haut ab, fast taten sie mir leid.

Paul Bründlmayer bat sie freundlich und gleichzeitig sehr bestimmt, wie er das so gut konnte, ihre Hunde an die Leine zu nehmen. Die Gruppe musterte uns finster. Sie tranken ihre Energy Drinks und zogen an ihren Zigaretten, dabei murmelten sie vor sich hin. Sie dachten wohl, wir hielten uns für etwas Besseres, dabei trugen wir Funktionskleidung wie sie. Dann wurden der Schäferhund und der Mischling widerwillig, aber doch angeleint.

Die Kinder durften nach kurzer Diskussion und zur Feier des Urlaubs einmalig Limonade bestellen. Christine war davon nicht besonders begeistert, aber sie legte nur ein absolutes Veto gegen Cola ein. Klara, Elias, Lea, Max und Konstantin konnten ihr Glück kaum fassen, betrachteten andächtig die aufsteigende Kohlensäure in ihrem Glas, um es dann in einem Zug auszutrinken. Danach starrten sie auf die im Schatten liegende, feuchte Almwiese und hofften wohl, dass dieser Urlaub durch irgendein Wunder ganz schnell vorbei war, denn etwas Außergewöhnlicheres als Fanta oder Sprite würde wohl nicht mehr passieren.

Christine erzählte Konstantin von ihrem emotionalen Bezug zu diesem Ort, von ihren Aufenthalten gemeinsam mit Eva und Judith, von ihren Nachtwanderungen und dem Rodeln im Licht eines Sonnenaufgangs. Konstantin wirkte so, als würde er bloß zuhören, weil ihm nichts anderes übrig blieb. Als Kind hatten mich die aufdringlichen Vergangenheitserinnerungen von Erwachsenen auch immer genervt. Konstantins Gesichtsausdruck bestätigte jedenfalls einmal mehr das Unvermeidliche: Langsam waren wir wirklich alt.

So saßen wir Familie für Familie da, tranken und aßen, und dann passierte, worauf ich und die anderen Eltern bestimmt auch gewartet oder eher gehofft hatten. Zuerst erhoben sich die Bründlmayer-Kinder, dann Klara und Elias und mit jeder Minute trauten sie sich ein paar Schritte weiter von uns weg. Wir ermunterten sie, sich ruhig frei zu bewegen.

Nur Konstantin blieb bei seinen Eltern sitzen. Paul Bründlmayer fragte ihn, ob er nicht auch zu den anderen wolle, als Antwort kuschelte sich Konstantin nur noch dichter an seine Mutter und sah zu Boden. Christine erklärte ihm flüsternd, er brauche nichts zu tun, was er nicht wolle, aber die anderen Kinder würden sich bestimmt freuen, wenn er zu ihnen gehe. Konstantin schüttelte den Kopf.

Währenddessen einigten sich Klara, Elias, Lea und Max mit wenigen Worten auf ein Versteckspiel rund um eine etwa fünfzig Meter abseits der Jausenstation gelegene windschiefe Scheune.

Leider wirkte die Scheune wie ein Ort, an dem man sich leicht auf unterschiedlichste Arten verletzen konnte. Ich rechnete ja immer mit dem Schlimmsten. Ich begann sofort zu überlegen, wie lange es wohl dauern würde, aufzuspringen und zu ihnen zu rennen, falls sie in den von der Jausenstation nur zu hörenden rauschenden Gebirgsbach stürzten oder sich der Untergrund um die Scheune als sumpfig erwies und sie zu versinken begannen.

Ich versuchte immer, einen angemessenen Rettungsabstand zu meinen Kindern einzuhalten, was mit zweien viel schwerer geworden war. Ich schätzte den Abstand ständig neu ab und mittlerweile gelang mir das ganz gut, mein Hirn war darauf trainiert, es war wie überall: Wenn man übte, wurde man besser. Aber diese Selbstsicherheit war auch trügerisch und konnte gefährlich sein, weil es durchaus passieren konnte, dass ich dann mehr riskierte, als ich eigentlich sollte, denn ich wollte meine Kinder ja auch nicht mit meiner beständigen Fürsorge entmündigen.

Erstaunlicherweise war ich mir diesmal mit Paul Bründlmayer einig. Nach einem Blickwechsel erhob ich mich gemeinsam mit ihm. Wir begutachteten den Spielort aus der Nähe und klärten die Kinder darüber auf, dass sie sich bitte vom Gebirgsbach, den Brennnesseln und den alten und rostigen landwirtschaftlichen Gerätschaften, die sehr nach Blutvergiftung aussahen, fernhalten sollten.

Auf dem Rückweg kam uns Konstantin entgegen, der sich jetzt doch entschlossen hatte, mit den anderen Kindern zu spielen, wobei er einen großen Bogen um mich und Paul Bründlmayer machte.

Zurück am Tisch sagte Christine, dass der Tierschädel von vorhin Konstantin noch ein wenig beschäftigte, aber das würde sich bestimmt im Laufe des Tages legen. Ich beschloss, diese Anmerkung nicht als Kritik an Elias zu interpretieren, setzte mich, lächelte Judith an, sie lächelte zurück, auch die Bründlmayers und die Riedls lächelten, und dann bestellte sich Paul Bründlmayer ein Bier. Ich freute mich sehr darüber und bestellte ebenso eines, aber Judith war sich nicht sicher, die anderen waren sich auch nicht sicher, doch dann sahen wir gemeinsam über die Bedenken hinweg, auch nach einem Bier würden wir uns um unsere Kinder kümmern können, also bestellten auch die anderen vier Bier, wir stießen alle an und bald war die Stimmung gelöst.

Sebastian beugte sich zu mir und fragte mich, wie es denn Klara gehe. „Sehr gut!", antwortete ich und hoffte, dass es stimmte.

Ich sah wieder vor mir, wie Klara vor etwa einem Jahr mit einem panischen Schrei aufgewacht war. Judith und ich waren gemeinsam in ihr Zimmer gestürzt, so furchtbar hatte der Schrei geklungen. Wir fanden Klara weinend, heftig atmend und schweißgebadet im Bett vor. Ich versuchte, sie hochzuheben, aber sie begann sofort um sich zu schlagen. Judith und ich waren verzweifelt, wir wussten nicht, was wir tun sollten. Und wir konnten nichts tun, denn alles, was wir probierten – streicheln und gut zureden und vorsingen und küssen –, schien Klaras Panik nur zu verstärken, und dann, nach ein paar Minuten, war es plötzlich vorbei. Das Grauen verschwand aus ihrem Gesicht und sie schlief sofort wieder ein. Am nächsten Morgen konnte sie sich an nichts erinnern.

Nach einem Gespräch mit Christine, die uns mit ihrer allgemeinmedizinischen und psychotherapeutischen Expertise das Phänomen des Nachtschrecks erklärt hatte, machten sich Judith und ich weniger Sorgen, und die nächsten zwei Male überstanden wir ganz gut, abgesehen davon, dass Elias jedes Mal aufwachte. Wir waren bei Klara im Zimmer, berührten sie aber nicht, sondern warteten, bis es vorbei war.

Und dann kamen die Albträume. Dabei war Klara im Vergleich zu ihrem älteren Bruder immer das unkompliziertere Kind gewesen. Schon als Neugeborene hatte sie viel besser geschlafen als er. Sie aß alles mit Appetit und auch im Kindergarten hatte sie sich schnell zurechtgefunden.

Kurz bevor ich das zweite Bier bestellen wollte, drang Kindergebrüll von der Scheune zu uns. Ich sprang auf, aber da sah ich schon Max beleidigt zu uns zurücktrotten. Er wollte nicht sagen, was passiert war, hatte aber jedenfalls beschlossen, dass Klara von jetzt an seine Todfeindin war.

Judith meinte, sie habe ja gleich gesagt, dass das Bier keine gute Idee sei, ich erwiderte, die Kinder hätten sich so oder so gestritten, ganz egal, ob wir Erwachsenen Bier trinken würden oder nicht.

„Aber wir haben sie aus den Augen gelassen", sagte Judith, sie schämte sich, und ich musste ihr zustimmen.

Wir holten die Kinder, es war sowieso Zeit, zurück zum Haus zu gehen. Vorher wollten wir aber noch herausfinden, was eigentlich passiert war. Nach einigen Befragungen stand fest, dass Max Klara angespuckt und Klara Max gegen das Schienbein getreten hatte. Es war allerdings nicht herauszufinden, wer den Streit begonnen hatte und ob zuerst getreten oder gespuckt worden war, denn darin unterschieden sich die Aussagen der Kinder, wobei sich Konstantin gar nicht äußerte und die älteren Geschwister Elias und Lea jeweils für die jüngeren einstanden, was ein erfreuliches Detail der unerfreulichen Situation war. Trotzdem genierte ich mich für meine Kinder, denn die beiden waren natürlich wieder die, die für Probleme sorgten. Ich war aber auch auf Max wütend, dieses verzogene sechsjährige Kind mit der Attitüde eines Neureichen, der meine Klara angespuckt hatte. Das machte man nicht, egal, was zuvor passiert war.

Und dann merkte Eva an, sie sei sich ziemlich sicher, aus dem Augenwinkel gesehen zu haben, dass Klara angefangen hatte. Natürlich hatte sie das so gesehen, natürlich hatte ihr Sohn nicht angefangen. Ich wollte keine Auseinandersetzung gleich zu Beginn unseres Urlaubs, ich schluckte meinen Ärger herunter, auch Judith schluckte ihren Ärger herunter, und Christine griff diplomatisch ein mit den Worten, es werde bestimmt noch mehr Streitigkeiten zwischen den Kindern geben, wir sollten uns darauf konzentrieren, dass sie sich wieder vertrugen.

Die Bründlmayers nahmen diesen Vorschlag ebenso gerne an wie Judith und ich. Wir versammelten uns gemeinsam mit Klara und Max, erklärten ihnen zum wiederholten Male, dass nicht das Streiten an sich, sondern ihre Art des Streitens inklusive Spucken und Treten das Problem war. Wir klärten, was passiert war (Klara wollte Max einen Tannenzapfen aus der Hand reißen), ohne weiter danach zu forschen, wer die Auseinandersetzung begonnen hatte. Dann fragten wir die beiden, wie sie sich gefühlt hatten (hilflos und schlecht) und wie sie den Konflikt besser hätten lösen können (wenn sie entweder den Zapfen geteilt oder einen zweiten gesucht hätten). Sie einigten sich darauf, beim nächsten Mal nicht dem anderen etwas aus der Hand zu reißen, nicht mehr zu spucken und zu treten, sondern stattdessen über das Problem zu sprechen.

Auf dem Rückweg zur Hütte kamen wir an der Talstation

des Sessellifts vorbei. Im Sommer war der Lift außer Betrieb, die abmontierten Bänke lagen von einer Plane notdürftig geschützt neben dem Eingangsbereich. Hinter der Liftstation befand sich ein baufällig aussehendes, als Sporthotel ausgewiesenes Gebäude.

Die Kinder rannten voraus. Sie versuchten sich gegenseitig zu fangen, in einem Spiel, dessen Regeln ich nicht verstand. Jedenfalls jagten sie hintereinander her und umkreisten sich und schrien auch, als sie schon hastig atmen mussten, weiter begeistert ihre Namen heraus. Sie powerten sich richtig aus, was mir sehr recht war, denn dann würden sie bestimmt gut schlafen. Die Gruppendynamik entsprach dem Erwartbaren. Die Ältesten, Lea und mein Elias, waren die Rädelsführer. Wobei Elias eher die Art Fratz war, die man mochte, weil er frech war, aber das Herz am rechten Fleck hatte. Lea war definitiv manipulativer. Vielleicht unterschätzte ich aber auch einfach meinen eigenen Sohn. Max und Klara waren zwar die Jüngsten, aber der unterste in der Rangordnung war Konstantin. Er war so ein Kind, das sich beim Wandertag zum Jausnen eher neben den Lehrerinnen und Lehrern als in einer Runde Kinder niederließ.

Dann brach der Übermut der Kinder plötzlich ab, sie stoppten ihr Spiel. Beim Hintereingang des Hotels standen drei junge Männer mit schwarzen Haaren, rauchten und schauten sie wortlos an. Mir kam es zuerst so vor, als würden die Männer unsere Wandergruppe genau, ja zu genau ins Visier nehmen, aber sie grüßten uns freundlich mit erhobener Hand, führten danach ihr Gespräch fort und beachteten uns nicht mehr weiter.

„Machen die Männer da Urlaub?", fragte Lea ihre Eltern. „Nein, das sind Flüchtlinge. Die sind da einquartiert", sagte Eva. „Bis die Wintersaison wieder losgeht."

Mittlerweile konnte ich etwas tiefer im Tal unser Haus erkennen. Dabei bemerkte ich, wie viel Wald in den letzten Jahren gerodet worden sein musste, um modernen Ferienhäusern Platz zu machen. Das Areal sah von hier oben unwirklich aus, wie das Modell in einem Architekturbüro. Aber wenn die neu gepflanzten Bäume und das ausgesäte Gras gewachsen waren, sollten wir uns bei einem potenziellen nächsten Urlaub vielleicht einen dieser neu gebauten Bungalows mieten, denn neben neuen Schlaf- und Badezimmern waren die bestimmt mit Sauna, Whirlpool und anderen Annehmlichkeiten ausgestattet.

Wir kamen bei feinem Nieselregen zurück in die Unterkunft. Zum Glück hatte ich meine Blasenpflaster nicht gebraucht. Ich stopfte unsere nassen Schuhe mit Zeitungspapier aus, dann ging ich in unser Zimmer. Obwohl die Riedls nach uns angekommen waren, hatten Judith und ich uns für den kleinsten Raum entschieden, um nicht zu egoistisch zu wirken. Außerdem hatten wir nicht vor, viel Zeit im Schlafzimmer zu verbringen.

Eingezwängt zwischen Bett und Schrank rubbelte ich den Kopf von Klara und Elias trocken, während Judith ihnen frisches Gewand aus der Tasche holte. Als die Kinder versorgt waren, zog ich mich selbst um.

Sebastian, Eva und Christine richteten die Abendjause her, Judith deckte den Tisch und ich heizte den Kachelofen ein. Paul Bründlmayer konnte sich natürlich nicht zurückhalten, mir dabei diverse Ratschläge zu geben.

Nachdem ich eine ordentliche Glut zusammengebracht und die Ofentür geschlossen hatte, beobachtete ich zufrieden die Kinder, wie sie auf dem Parkettboden saßen und konzentriert aus Spielkarten Häuser bauten. Ich fand, es wäre der richtige Zeitpunkt für eine unangekündigte Übung.

Ich atmete einmal tief durch, dann stürmte ich in den Aufenthaltsraum und brüllte: „Feuer!" Nach ein paar Momenten der Verwirrung reagierten die Kinder, und zwar ruhig und systematisch. Klara fragte nach dem Ort der Brandquelle. „Der Ofen", sagte ich. Konstantin zählte auf, wo sich in jedem Stockwerk die Feuerlöscher befanden, Elias nickte bestätigend. Lea hielt alle zur Ruhe an. Max prüfte das Stiegenhaus auf mögliche Rauchentwicklung und informierte uns, dass der Fluchtweg zur Haustür noch sicher sei.

Konstantin meldete sich freiwillig, die Türen und Fenster zur Vermeidung eines Zuges zu schließen, der den Brand weiter anfachen würde. Lea war bereit, mit dem Feuerlöscher (im Halbstock an der Wand, unter der billigen Landschaftsmalerei) einen Löschversuch zu unternehmen. Elias zählte durch und stellte die Vollständigkeit der Gruppe fest, dann geleitete er uns mit ruhiger Stimme durch das Stiegenhaus ins Freie.

Draußen lobte ich die Kinder. Sie hatten sich bis jetzt sehr gut geschlagen. Ich fragte sie noch die Notrufnummer ab, die alle einzeln flüsternd in mein Ohr sagen mussten, und welche Informationen bei einem Anruf mitzuteilen waren (Wer? Was? Wo? Wie?). Danach übernahm Paul Bründlmayer und fragte, was zu tun sei, wenn sie vom Feuer eingeschlossen wären.

Elias sagte, man müsse sich vom Brandherd so weit wie möglich entfernen. Lea sagte, man müsse jede verfügbare Tür zwischen sich und dem Brandherd schließen. Max sagte, man müsse die Türritzen abdichten, am besten mit nassen Tüchern. Klara sagte, man müsse die Feuerwehr alarmieren. Konstantin sagte, man müsse abschließend die Fenster öffnen, um den Rauch abziehen zu lassen, und durch Rufen und Winken auf sich aufmerksam machen.

Ich war in diesem Moment richtig gerührt und sehr stolz auf meine Kinder, überhaupt auf die ganze Gruppe, und den anderen Erwachsenen ging es sichtlich gleich. Ich nahm Klara und Elias in den Arm, die beiden freuten sich ehrlich.

Elias rannte überdreht durch den Aufenthaltsraum und drohte dabei mehrmals auszurutschen. Klara blätterte durch ihr Ausmalbuch, wobei es so aussah, als würde sie vor Müdigkeit bald nach vorn kippen. Neben ihr saß Max mit seiner Toniebox und Kopfhörern, von ihrem Streit war nichts mehr zu merken, das Konfliktgespräch hatte wohl die gewünschte Wirkung gehabt. Lea und Konstantin spielten „Mensch ärgere dich nicht".

Während ich mein zweites Käsebrot verspeiste, neigte sich Judith zu mir und fragte, wann wir denn mit den Kindern heute die Entspannungsübungen machen sollten. Ich antwortete, dass jetzt wohl der richtige Zeitpunkt dafür war, aber dass wir uns heute vielleicht die Sportübungen sparen könnten, die Wanderung hatte vermutlich den gleichen Effekt gehabt, dabei schaute ich in die Runde. Judith war sich nicht sicher. Ich war eigentlich auch unsicher, aber ich wollte selbst keine Liegestütze und keine Hampelmänner mehr machen. Ich fühlte mich schwer und müde. Zum Glück nickten Christine und Sebastian bestätigend.

Da wir uns alle an denselben Leitlinien orientierten, einigten wir uns darauf, die Übungen gemeinsam im Aufenthaltsraum zu machen.

Zuerst setzten wir uns auf den Boden, schlossen die Augen und hielten unsere Hände vor das Gesicht. Ich blinzelte einmal, um zu kontrollieren, ob Klara und Elias ebenfalls bei der Sache waren, ja, das waren sie. Dann holten wir eine schöne Erinnerung in unsere Gedanken. Wir teilten diese Gedanken nicht, es war für jeden der persönliche Wohlfühlort. Ich stellte mir immer vor, wie ich im Sommer nachmittags mit einem Buch und einem Bier auf einer Liege am Pool unseres Agriturismos in Umbrien lag, Judith neben mir, ebenso mit Buch, und die Kinder schliefen in seltener Eintracht nebeneinander in der Hängematte. Es war warm, aber eine trockene Hitze, dazu ein leichter Wind, der nur vereinzelt das Läuten einer Ziegenglocke zu mir trug, in der Nase der Geruch von Rosmarin und Basilikum, im Kopf die totale Ungezwungenheit. Wir atmeten tief ein, sodass sich der Bauch wölbte, hielten die Luft an und atmeten langsam wieder aus. Das Ganze wiederholten wir immer fünfmal, die Bründlmayers zehnmal, also machten auch wir es diesmal zehnmal, wobei mir das etwas zu oft vorkam. Nachdem wir nun unsere Gedanken in eine positive Richtung geleitet hatten und die Atmung ruhiger geworden war, zogen wir Grimassen hinter unseren Händen, um die Gesichtsmuskeln zu entspannen, was wiederum den restlichen Körper lockerte. Zum Schluss kneteten wir noch unseren Nacken kräftig durch. Ich war schon bereit, die Angst abzuschütteln, aber Christine schlug vor, noch eine Minute lang zu grinsen, da dies zu Endorphinausschüttung führte. Also grinste ich eine Minute, die Bründlmayers grinsten zwei Minuten lang, ich bewunderte meine Kinder, mit welcher Ernsthaftigkeit sie grinsten, man merkte, die täglichen Übungen brachten wirklich etwas.

Jetzt kamen wir aber endlich dazu, die Angst abzuschütteln. Ich liebte es, meine Arme schlackern zu lassen, und spürte direkt, wie die Last der Imagination von Unfällen, Blutvergiftungen und Verbrennungen von mir abfiel. Außerdem hatte ich danach eine völlig andere Körperspannung, ich fühlte mich aufrechter und voller Selbstbewusstsein, zwar nicht so viel Selbstbewusstsein wie die Bründlmayers, aber man musste es ja auch nicht übertreiben.

Zuletzt stellte sich jeder von uns vor, was er in der kommenden Nacht träumen wollte. Ich hatte zuerst vorgehabt, mir eine sexuelle Begegnung mit Christine vorzustellen, hatte dann aber Skrupel, da dies morgen eventuell zu unangenehmen oder sogar peinlichen Momenten zwischen uns führen könnte, also entschied ich mich dazu, mir vorzustellen, mit meinen Kindern und Judith ein Fußballteam zu bilden, mit dem ich sowohl den Riedls als auch und vor allem den Bründlmayers eine Abfuhr auf dem Kleinfeld verpassen würde.

Danach brühte ich eine Kanne Tee mit einer Mischung aus Zitronenmelisse, Holunderblüte und Kamille auf. Während die Riedls, Judith, Klara und Elias bei einem lockeren Gespräch auf den Tee warteten, verabschiedeten sich die

Bründlmayers. „Die Dehn- und Kräftigungsübungen müssen bei unseren auch noch sein, sonst schleicht sich der Schlen-drian ein", erklärte Eva. Ich hörte die versteckte Kritik heraus, entschied mich aber dazu, es als reine Anmerkung zu behandeln. Ich war mir sicher, dass sie nicht nur die genannten Übungen, sondern ein reichhaltiges Zusatzprogramm mit Lea und Max durcharbeiteten. Dem war auch so, und ich wartete nur darauf, dass sie es uns morgen vorhalten würden, zumindest indirekt.

Es war beinahe neun, als ich mit Elias und Klara in den Keller ging, um mit unseren Gute-Nacht-Ritualen anzufangen. Wir überprüften gemeinsam im gesamten Haus, von unten nach oben, ob die Fenster geschlossen waren. Außerdem ließ ich Klara eigenhändig die Haustür auf- und danach wieder absperren.

Im großen, ebenerdig gelegenen Badezimmer, in dem es drei Waschbecken, einen Duschraum inklusive Wanne und zwei Toiletten gab, herrschte bereits ein großes Durcheinander. „Ah, schön euch wiederzusehen", sagte Paul Bründlmayer, hahaha, dachte ich, extrem lustig, aber ich war feig und fakte ein Auflachen, das sehr gezwungen klang.

Als wir uns dann endlich auf den Weg Richtung Matratzenlager in den ersten Stock machten, beschwerten sich Klara und Elias jammernd, sie seien noch nicht müde. Trotz ihres Unwillens, schlafen zu gehen, blieben sie dicht an meiner Seite, denn der dunkle Holzboden im Stiegenhaus schien das spärliche Deckenlicht zu verschlucken und knarzte bei jedem Schritt. Ich erklärte ihnen, dass Judith und ich immer in ihrer

Nähe waren und ich ihre Schwierigkeiten mit der neuen Umgebung ernst nahm, dass ich mir aber sicher war, sie seien bloß noch aufgeregt von den vielen neuen Eindrücken und sie würden bestimmt gut einschlafen, auch wenn sie jetzt dachten, sie seien noch nicht müde. Außerdem hätten wir uns heute wirklich ordentlich an der frischen Luft bewegt.

Im Matratzenlager musste ich mich zusammenreißen, positive Stimmung zu verbreiten, denn der Anblick der braun lackierten Holzvertäfelung an der Wand, des einen quadratischen Fensters und vor allem der gräulichen, bestimmt sieben Meter langen Matratze, auf der man am Kopfende wegen der Dachschräge kaum aufrecht sitzen konnte, verursachte auch mir ein mulmiges Gefühl. „Da will ich nicht schlafen", sagte Klara dann auch sofort.

Ich hatte Verständnis für ihr Unbehagen, aber gleichzeitig fand ich, dass all die Anstrengungen, die wir auf uns genommen hatten, um die Kinder zu guten, angstfreien Schläfern zu machen, doch auch den Zweck gehabt hatten, sie ohne Sorge vor Albträumen in ungewohnten Umgebungen die Nacht verbringen lassen zu können. Ich beschloss, auf unsere Übungen zu vertrauen, und vermittelte den Kindern, welches Gemeinschaftsgefühl sich durch diese Schlafsituation bald mit den anderen Kindern einstellen würde. „Früher haben oft fünf oder noch mehr Menschen gemeinsam in einem Zimmer übernachtet", sagte ich dann.

„Du auch?", fragte Elias.

Anstatt zu antworten, gab ich den beiden nun Aufgaben, um sie in ihrer Autonomie zu stärken. Klara baute das Babyfon neben dem der Bründlmayers auf und Elias durfte die

Schlafsäcke von unten holen. Judith legte trotz der angeblich neu überzogenen Matratze Leintücher unter den Four-Season-Mumienschlafsäcken aus, damit die Kinder auf keinen Fall mit der Oberfläche des Bettlagers in Berührung kamen. Ich durfte nicht zu viel daran denken, was die Matratze schon alles erlebt und welche Flüssigkeiten sie aufgesaugt hatte, denn sonst hätte ich es nicht geschafft, meinen Kindern mit ruhiger Stimme eine Geschichte vorzulesen.

Nachdem Klara und Elias ihren Pyjama angezogen hatten und in ihren Schlafsack geschlüpft waren, kam auch Sebastian mit Konstantin ins Zimmer, kurz darauf Eva mit den Bründlmayer-Kindern.

Ich fand es eine gute Idee, die Kinder alle gemeinsam schlafen zu lassen, es hatte etwas Ursprüngliches, außerdem sollten sie das für kommende, mögliche Schulskikurse oder Sportwochen lernen. Die Riedls und die Bründlmayers sahen das ähnlich, wir hatten das auch zuvor besprochen, trotzdem hielten wir uns hier im Matratzenlager an unsere zuhause einstudierten Einschlafrituale, die wir jeweils individuell angepasst an die Empfehlungen der Fachliteratur für gesunden, erholsamen Schlaf für Kinder entwickelt hatten. Ich las zum Beispiel drei Bücher vor, Sebastian zwei und Eva eines.

Ich freue mich schon auf die Zeit, wenn die Kinder nicht mehr hingelegt werden müssen, zumindest bei Elias sollte es nicht mehr lange dauern, er beginnt nächstes Jahr mit dem Gymnasium, und da darf man ihm das dann bald einmal zutrauen, dass er alleine ins Bett geht. Aber ein Schlafsaal ist wahrscheinlich nicht der richtige Ort dafür, die jahrelang bewehrten Rituale plötzlich abzuschaffen.

Als nur noch die Comiclampen und die grünen Stromversorgungskontrolllichter der nebeneinander aufgereihten Babyfons das Matratzenlager schwach erhellten, machten wir alle gemeinsam die 4-7-8-Übung, die der amerikanische Arzt Andrew Weil zur Entspannung empfiehlt.

Dann sang Sebastian seinem Sohn Schlaflieder vor, Eva spielte weißes Rauschen ab und ich erzählte eine weitere Geschichte. Wir alle waren bemüht, die jeweils anderen nicht zu stören, und bald kippten die Kinder nach Alter gestaffelt weg und Eva, Sebastian und ich verließen das Matratzenlager.

Schon kurz nach der Geburt von Elias hatte ich gemerkt, dass es kaum etwas Befriedigenderes gab, als ein Kind zum Schlafen zu bringen. Die Aufregungen und der Ärger des Tages waren wie vergessen. Ich hatte oft lange sein ruhiges, zerknautschtes Gesicht beobachtet, ich hatte seinem flachen Atem gelauscht und gehofft, dass er nicht aufwachte, dass ihn nichts quälte, keine durchbrechenden Zähne oder juckenden Gelsenstiche, keine Umgebungsgeräusche und kein Bauchweh, denn das war es, was ich und auch alle anderen verhindern wollten: unnötige Qualen und Leiden.

Wir Erwachsenen saßen zusammen und tauschten Serien- und Kinderhörspielempfehlungen aus, zwischendurch warfen wir über das videofähige Babyfon der Bründlmayers einen Blick ins Matratzenlager. Die Kinder schliefen tief und fest. Judith und ich hatten uns wie die Riedls gegen die Videofunktion beim Babyfon entschieden, denn im Fall der Fälle musste man sowieso nachschauen gehen, und die Fähigkeit, ständig kontrollieren zu können, verstärkte bloß das Gefühl, ständig kontrollieren zu müssen. Ich trank ein Bier, die anderen Wein. Judith wiederholte mit Eva und Christine schon oft gehörte Anekdoten aus ihrer Schulzeit. Ich holte mir ein weiteres Bier aus dem Kühlschrank, sonst wollte niemand mehr etwas trinken.

Ich konnte mich nicht daran erinnern, wann ich das letzte Mal richtig verkatert war. In meinen Zwanzigern war ich es jedes Wochenende, ich hatte mich leidend im Bett hin und her gewälzt, um dann am nächsten Wochenende wieder sieben Bier und drei Jägermeister zu trinken. Dabei hatte ich mir Zigarette um Zigarette geschnorrt, und wenn ein Joint oder ein Glas Wasser mit Liquid LSD die Runde machte, hatte ich ganz selbstverständlich zugegriffen.

Bald kamen wir auf die Kindesentführung zu sprechen, die in den letzten Wochen immer wieder Thema in den Nachrichten gewesen war. Der neunjährige Sohn eines erfolgreichen Unternehmers war entführt worden, kurz darauf hatte es eine Lösegeldforderung gegeben. Die Polizei hatte den Täter bald ausgeforscht, ein ehemaliger Mitarbeiter des Unternehmens. Bei der Stürmung seines Verstecks konnte das Kind unbeschadet gerettet werden, der Täter schaffte es aber leider, sich selbst zu erschießen. Der Fall hatte zur Folge, dass einige Nachahmungstäter Drohungen verschickten, in der Art: Wenn kein Geld bezahlt wird, wird ein Kind entführt.

Nun hatten wir, vielleicht abgesehen von den Bründlmayers, nicht die finanziellen Kapazitäten, um das primäre Ziel von Erpressern zu werden. Aber es beschäftigte uns doch alle. Sebastian fuhr seither Konstantin immer mit dem Auto in die Volksschule, obwohl er großer Radfahrfan war, und Eva erzählte, sie habe gemeinsam mit drei anderen Eltern in Leas Schule einen Personenschutzdienst engagiert, sodass sich immer mindestens zwei Sicherheitskräfte beim Gebäude aufhielten.

Ich trank noch ein Bier, Paul Bründlmayer wollte jetzt doch auch noch eines. Er kannte sich erstaunlich gut mit Fußball aus, was ich bis jetzt nicht gewusst hatte. Wir unterhielten uns über die letzte Premier-League-Saison. Sebastian hörte uns ein paar Minuten ruhig zu, wie es so seine Art war, dann merkte er an, er verstehe ehrlich nicht, wie sich erwachsene, intelligente Menschen mit so etwas wie Fußball beschäftigen konnten. Intellektuell musste ich ihm zustimmen. Aber wenn sich zwei Leute begeistert über etwas unterhielten, dazwischenzufunken, in dem man die Sinnhaftigkeit des Enthusiasmus anzweifelte, war schon auch ein eher beschissener Wesenszug. Ich war selbst verwundert, aber es war das erste Mal, dass mir Paul Bründlmayer sympathischer als Sebastian war. Ich wollte mich nicht der üblichen Argumentationslinien („Fußball als der große gesellschaftliche Gleichmacher", „Der spielende Mensch") bedienen und wechselte das Thema zur Frage nach dem besten Burger der Stadt.

Immer wieder schaute ich dabei zu Christine, einmal erwiderte sie meinen Blick und lächelte, kurz, aber doch, ein ehrliches Lächeln, mehr mit den Augen als mit dem Mund. Ich fühlte mich, wie ich mich als Jugendlicher gefühlt hatte, wenn ich heimlich in jemanden verliebt gewesen war, auch wenn ich wusste, dass ich nicht in Christine verliebt war, sondern dass es sich bloß um eine Schwärmerei handelte. Ich hatte jedenfalls schon lange keine Frau mehr so angesehen wie Christine, mit wirklichem Interesse, und schon lange hatte mich keine Frau mehr so angesehen wie Christine. Ich fragte mich, ob sie mit Sebastian noch glücklich war, da sah ich, wie Sebastian Judith anschaute und sich vermutlich die gleiche Frage stellte.

Die Beziehung zwischen Judith und mir war ein Neben-einanderher-Leben, das funktionierte. Jeder hatte seine kleinen Freiheiten, im Großen und Ganzen konnten wir uns aufeinander verlassen. Ich hatte nicht vor, dies mit einer Affäre oder Ähnlichem zu gefährden.

Wir beschlossen, schlafen zu gehen. Ich sagte, ich würde mich noch um die Küche kümmern. Die anderen waren dankbar, ich nutzte die Gelegenheit, noch ein Bier zu trinken und das hier zu schreiben.

3. JULI

Die Nacht war eine Katastrophe. Ein verzweifelter Schrei schreckte mich aus dem Schlaf hoch. Der Schrei war sowohl vermittelt über das Babyfon als auch unvermittelt durch die Tür zu hören und herzzerreißend in seiner Qual. Kurz orientierungslos in der unbekannten Umgebung tastete ich nach meinem Smartphone, um die Uhrzeit abzulesen, es war nach drei.

Judith neben mir blieb von dem Geschrei, das nur von gelegentlichem, japsendem Luftholen unterbrochen wurde, unbeeindruckt, auch weil sie wie bei jedem Urlaub aus Sorge vor ungewohnten Geräuschen Ohrstöpsel benutzte, sie schlief weiterhin tief und atmete gleichmäßig. Sie hatte immer schon besser geschlafen als ich. Nur als die Kinder als Säugling noch in unserem Zimmer übernachtet hatten, war Judith bei jedem Mucks, den ich gar nicht mitbekam, sofort aufgewacht.

Ich drehte das Babyfon ab und erhob mich so leise wie möglich, um nachzusehen. Ich hoffte jedenfalls, dass es weder Klara noch Elias waren, die so schrien.

Ich leuchtete mir mit dem schwachen Licht des Displays meines Smartphones den Weg aus dem Zimmer. Auf dem Gang fuhr mir ein weiterer Schrei noch einmal stärker in die Magengrube. Den Blick auf den Boden gerichtet tastete ich mich Schritt für Schritt voran, bis ich beinahe mit Eva zusammenstieß.

„Was ist da los?", fragte sie.

„Keine Ahnung."

„Klingt jedenfalls wild."

Wir gingen um die Ecke und sahen durch die offene Tür, dass im Matratzenlager bereits Licht brannte. Als wir das Zimmer betraten, hob Sebastian gerade Konstantin, der wie am Spieß schrie, aber nicht wach zu sein schien, aus dem Schlafsack. Die anderen Kinder hatten sich in ihrem Schlafsack aufgesetzt und schauten sich verwirrt um. Ich kniete mich zu Klara und Elias auf die Matratze und nahm beide in den Arm, Klara links, Elias rechts, froh, sie wohlauf zu sehen, und auch froh, mich nicht mitten in der Nacht mit einem schreienden Kind herumschlagen zu müssen.

Sebastian hielt Konstantin fest an sich gedrückt und wiegte ihn hin und her, wie ein Neugeborenes, aber Konstantin ließ sich nicht beruhigen. Sebastian warf mir und Eva, die sich ebenso neben ihren Kindern niedergelassen hatte, einen hilflosen Blick zu, dann verließ er mit seinem weiterhin kreischenden Sohn das Zimmer, dabei entschuldigte er sich zweimal, es war ihm sichtlich unangenehm.

„Geht es ihm schlecht?", fragte mich Elias.

Ich wusste es nicht. Es war einfach bitter, dass es gerade im Urlaub passieren musste, was auch immer Konstantin so quälte.

„Wir machen jetzt schnell das Licht wieder aus", sagte Eva dann und klang dabei sehr genervt, als hätte Sebastian das Licht aus einem besonders hinterhältigen Grund aufgedreht.

„Ist es so schlimm, wie es bei mir war?", fragte Klara in die Dunkelheit hinein.

Ich antwortete ausweichend, wir würden morgen darüber reden, jetzt sollten sie weiterschlafen. Sie könnten ganz beruhigt sein, Konstantin sei bei seinen Eltern.

Wir wiederholten die 4-7-8-Übung, dann wartete ich, bis Klara und Elias wieder ruhig und gleichmäßig atmeten, was erstaunlich schnell geschah. Auf dem Weg zurück nach unten vernahm ich aus dem Zimmer der Riedls gedämpft Konstantins Jammern. Ich überlegte, ob ich den dreien irgendwie helfen konnte, aber mir fiel nicht ein, wie. Zum Glück war Christine Ärztin. Zurück im Zimmer war Judith halb wach.

„Wo warst du?"

„Bei den Kindern. Konstantin hat geschrien."

„Geschrien?"

„Ja. Ein Albtraum, vermute ich."

„Scheiße."

„Na ja, die beiden sind halt als Eltern vielleicht doch nicht so perfekt und liebevoll und einfühlsam bei allem, wie sie immer tun."

Judith öffnete die Augen.

„Das klingt fast so, als würdest du dich darüber freuen, dass es Konstantin erwischt hat."

Ich winkte ab. Dieses Stigma der schlechten Eltern konnten Christine und Sebastian gerade wirklich nicht gebrauchen.

„Er ist einfach ein Einzelkind. Der ist es nicht gewohnt, mit anderen in einem Zimmer zu schlafen."

Ich erwachte wie gerädert nach einer traumlosen Nacht nach sieben und schaute sofort nach meinen Kindern. Sie schliefen noch tief, ebenso die der Bründlmayers. Also ging ich die Stiege hinunter in den Aufenthaltsraum. Eva und Paul Bründlmayer saßen verschwitzt und mit Elektrolytgetränken in den Händen da, sie seien bereits zu zweit Laufen gewesen, denn ihr Babyfon lasse sich mit ihrer neuen Sportuhr verbinden, erklärte Eva begeistert. Von den Riedls war weder etwas zu sehen noch zu hören. Paul Bründlmayer musste meinen suchenden Blick bemerkt haben, denn er sagte: „Sie wollten fahren, aber ich habe gesagt: ‚Kommt gar nicht in Frage.' Sie räumen gerade ihre Taschen wieder aus."

„Wir lassen uns von so etwas sicher nicht den Urlaub verderben", sagte Eva dann.

„Vielleicht hat er die Limonade nicht vertragen", sagte ich, „und er hat sicher noch nicht so oft in einem Matratzenlager geschlafen."

„Ja, oder er hat von dem Tierschädel geträumt, mit dem Elias gestern auf ihn zugerannt ist", sagte Paul Bründlmayer und dann grinste er, als wäre es ein Scherz, dabei hatte er es vollkommen ernst gesagt. Ich hoffte, dass ich recht hatte und nicht er, dieser Volltrottel. Und ich hoffe es noch immer. Ich wusste, wie hilflos man sich als Elternteil nach so einer Nacht fühlte, und ich wollte nicht, dass mein Sohn dafür verantwortlich war. Ein leidendes Kind war inakzeptabel.

Klara hatte ihren letzten heftigen Albtraum vor ein paar Monaten im Frühling gehabt. Elias war zum Glück nie so anfällig dafür gewesen, er hatte bloß mit Beginn der Volksschule ein paar unruhige Nächte gehabt. Vor dem Urlaub hatten die beiden laut ihren diktierten Traumtagebüchern hin und wieder unangenehme Dinge geträumt, aber das gehörte dazu. Ein richtiger Albtraum war ein ganz anderes Kaliber.

Konstantin kam barfuß und im Pyjama in den Aufenthaltsraum getapst. Sein Gesicht war noch etwas zerknautscht, aber er wirkte gesund und frisch. Er nickte uns leicht zu, dann richtete er sich eine Schüssel mit Cornflakes und Milch. Er ließ sich auf dem Stuhl neben mir nieder und begann zu löffeln. Ich merkte nach ein paar Sekunden, dass ich ihn dabei anstarrte, die Bründlmayers starrten ihn ebenso an, aber Konstantin schien das nicht mitzubekommen, zumindest ließ er sich nicht beim Frühstücken stören.

„Wie hast du geschlafen?", fragte Eva.

„Gut", sagte Konstantin.

„Kannst du …", Eva stockte, dann überwand sie sich, „kannst du dich an etwas erinnern von gestern Nacht?"

Konstantin schaute sie verständnislos an.

„Du hast geschrien."

Ich war mir nicht sicher, wie es Christine und Sebastian fänden, wenn sie Eva so mit ihrem Sohn sprechen hören würden, es hatte etwas von einem Verhör. Ich würde jedenfalls nicht wollen, dass Eva so mit Klara oder Elias spricht. Als dann die Riedls hereinkamen, verstummte sie auch.

Im Unterschied zu ihrem Sohn waren die Riedls von der Nacht sichtlich geschlaucht. Mit blassem Gesicht ließen sie sich gegenüber von ihrem Sohn auf der an der Wand entlanglaufenden Bank nieder. Auch sie beobachteten Konstantin aufmerksam, auch ihre Blicke brachten ihn nicht davon ab, mit Appetit die Cornflakes in sich hineinzuschaufeln.

Paul Bründlmayers Hinweis auf einen möglichen Zusammenhang zwischen Elias' Tierschädelstreich und Konstantins Albtraum ließ mir keine Ruhe, ich fühlte mich schlecht und den Riedls gegenüber verantwortlich. Also ging ich in die Küche und schenkte ihnen aus der French-Press-Kanne Kaffee ein. Als ich ihnen die Tassen reichte, wollte ich etwas sagen, ich wusste nicht was, aber ich hatte schon angesetzt, also sagte ich: „Nehmt es nicht zu schwer", und bereute es sofort. Was sollte das denn bedeuten? Trotzdem nickten die beiden mir dankbar zu. Das schwächte mein schlechtes Gewissen ein wenig ab, und so schaffte ich es, mich erneut für Elias' Missverhalten vom Vortag zu entschuldigen.

„Ich hoffe, der Konstantin hat nicht von einem toten Tier oder Ähnlichem geträumt", sagte ich.

Sebastian reagierte gar nicht, und Christine zuckte mit den Schultern, sie gab mir also keine Schuld.

„Was hat er denn eigentlich geträumt?", fragte Eva dann.

„Das weiß ich nicht", sagte Christine.

„Das weißt du nicht? Nach so einer Nacht?"

„Er wollte es nicht erzählen, also habe ich auch nicht nachgebohrt."

„Dann schau halt in seinem Tagebuch nach."

„Sicher nicht. Das ist ja sein Tagebuch."

Eva tat das als ziemlich lächerlich ab. „Jaja, ich weiß schon, aber ‚Vertrauen ist gut, Kontrolle ist besser' kennst du, oder?"

„Das hat Stalin gesagt."

„Lenin, oder?", sagte Paul Bründlmayer. So ein Klugscheißer.

„Ich weiß nur, dass Albträume die Krankheit unserer Zeit sind, also unternehme ich alles Denkbare dagegen", sagte Eva.

Darin stimmten wir alle überein. Aber ich konnte nicht verdrängen, dass ich meinen Albtraum vor dem Urlaub in gewisser Weise genossen hatte. Also fragte ich vorsichtig nach, ob denn niemand von ihnen jemals mehr einen Albtraum habe. Es kam mir so vor, als würden mich alle sofort misstrauisch mit ihrem Blick fixieren.

„Wieso, hast du etwa welche?", fragte Eva, allein der Gedanke daran schien sie zu empören, und ich erwiderte, natürlich würde ich keine haben, schon lange hätte ich keinen mehr gehabt, aber ich wollte eben einmal die Frage in die Runde werfen, wie das denn bei ihnen war. Bislang hatte ich nie an ihren Aussagen gezweifelt, aber jetzt war ich mir nicht mehr so sicher, denn ich verbarg ja etwas vor ihnen und warum sollte es nicht auch umgekehrt so sein?

Dann kam Judith in den Aufenthaltsraum, gefolgt von Klara, Elias und den Bründlmayer-Kindern. Elias steuerte zielstrebig auf Konstantin zu und fragte: „Was hast du gestern geträumt?"

Konstantin schaute von seiner Schüssel auf, sagte aber nichts.

„Lass den Konstantin bitte in Ruhe frühstücken", sagte Judith und nahm Elias mit in die Küche. Ich folgte ihnen und fragte Judith, ob sie Elias bereits das Tablet zum Diktieren der Träume gegeben habe. Judith nickte.

Während sich Elias Milch aus dem Kühlschrank holte, schmiegte ich mich an Judith und fragte leise: „Und? Was haben die beiden geträumt?"

Judith löste sich von mir. „Sehr romantisch", sagte sie und dann: „Ich habe es mir noch nicht angehört."

„Warum nicht?"

„Vielleicht sollten wir das wie Christine und Sebastian handhaben? Ich vertraue ihrer Expertise. Und um die Beziehung zu unseren Kindern zu stärken, ist das bestimmt der richtige Weg."

„Ja, und du merkst ja gerade, wie toll dieser Weg bei ihnen funktioniert."

„Ich dachte, wir sind uns einig. Alles mit Maß und Ziel, oder?"

Ich drückte meine Zweifel weg, dann küsste ich Judith auf den Mund.

„Natürlich sind wir uns einig", sagte ich und versuchte auch, es so zu meinen.

„Was habt ihr jetzt vor?", fragte Paul Bründlmayer später in der Erwachsenenrunde, nachdem wir die Kinder zum Ballspielen vors Haus geschickt hatten. Christine warf Sebastian einen Seitenblick zu. „Nichts", sagte sie dann.

„Nichts?" Paul Bründlmayer konnte seine Empörung kaum verbergen.

„Nichts", sagte Christine, mit einer Standhaftigkeit, die ich so gar nicht von ihr kannte. „Noch nichts. Wir warten jedenfalls noch diese Nacht ab." Sie sprach sehr nüchtern und klar, wahrscheinlich hatte sie sich das bei ihrer Arbeit im Krankenhaus antrainiert.

„Es gibt auf jeden Fall keine Limonade mehr heute. Man unterschätzt Zucker einfach immer", sagte Sebastian. Paul Bründlmayer starrte ihn an, so wie Eva Christine anstarrte. Judith und ich hielten uns so weit wie möglich aus der Sache heraus. Wobei ich in der Früh die Riedls noch bedingungslos unterstützen wollte, jetzt aber langsam ein mulmiges Gefühl bekam. Ich wollte nicht überreagieren, ich hatte ja selbst erst vor Kurzem wieder einen Albtraum gehabt und fühlte mich eigentlich sehr stabil, wenn ich auch übermüdet war. Aber so wie Konstantin geschrien hatte, war das schon eine ernste Sache, und mich wunderte es, dass Christine das nicht so zu sehen schien.

„Es geht ihm gut, den anderen Kindern geht es auch gut, das ist doch das Wichtigste. Aber wenn euch die Situation zu wild ist, dann können wir fahren. Das haben wir ja schon in der Früh angeboten", sagte Christine dann.

„Nein, das kommt überhaupt nicht in Frage", sagte Paul Bründlmayer plötzlich sehr jovial, „wir lassen uns nicht den Urlaub ruinieren."

„Genau", sagte ich. „Hat wer Lust auf ein Vormittagsbier?"

Die Männer waren begeistert, Eva schaute Judith sehr streng an. Judith hielt das auch für keine gute Idee. „Wir sollten einen klaren Kopf bewahren", sagte sie, und wir Männer nickten verständnisvoll, aber traurig, kein Vormittagsbier für uns.

Ich trug benutztes Geschirr in die Küche und begann abzuwaschen. Dabei schaute ich aus dem Fenster und sah Lea, Max, Klara, Elias und Konstantin beim Lagerfeuerplatz auf den entrindeten, als Bänke dienenden Baumstämmen zusammensitzen. Alle Augen waren auf Konstantin gerichtet, die anderen vier hörten ihm aufmerksam zu.

Ich kippte behutsam und möglichst geräuschlos das Fenster. Trotzdem konnte ich nicht verstehen, worüber die Kinder redeten.

Eva stellte sich neben mich und fing an, die von mir bereits abgewaschenen Häferl und Schüsseln abzutrocknen. Sie schaute ebenfalls zu den Kindern hinaus.

„Der Konstantin ist wie ausgewechselt, oder?", fragte sie. „Gestern hat er kein Wort herausgebracht und heute ist er der Anführer."

„Na ja, ‚Anführer' kommt mir ein bisschen übertrieben vor. Er hat sich vielleicht einfach an die anderen Kinder gewöhnt", sagte ich.

„Ich weiß nicht", sagte sie. „Wie ist in Elias' Schule das Protokoll in so einem Fall? Wenn es zum Beispiel bei einem Wanderausflug passiert?"

„Der Elternverein hat sich darauf geeinigt, dass die Eltern verständigt werden müssen, und dann wird je nach Fall individuell entschieden."

Eva nickte. „Wie habt ihr das bei Klara eigentlich in den Griff bekommen?", fragte sie. „Habt ihr sie in so ein spezielles Ferienlager geschickt?"

Ich hatte es erfolgreich geschafft, die letzten Wochen kaum daran zu denken, und setzte zur eingeübten Antwort an, da starrten plötzlich wie auf Befehl alle Kinder in meine und Evas Richtung.

„Was soll das bitte?", fragte Eva irritiert. Sie hatten wohl doch bemerkt, dass ich das Fenster gekippt hatte und wir sie beobachteten.

Eva ging zurück in den Aufenthaltsraum und rief nach ihrem Mann, ich blieb am Fenster stehen. Nach ein paar Sekunden wendeten die Kinder ihren Blick wieder von mir ab, beinahe synchron, wie mir vorkam. Sie starteten ein Fangspiel, als wäre nichts gewesen. Ich war in diesem Moment froh, dass ich Evas Frage über Klara nicht hatte beantworten müssen, ich wollte nicht darüber nachdenken.

Bei den Vorbereitungen für das Schwammerlsuchen fragte ich Klara und Elias, worüber sie denn mit Konstantin am Lagerfeuerplatz gesprochen hätten. Ich versuchte, die Frage wie nebenbei zu stellen und dabei möglichst gleichmütig zu klingen.

„Du hast uns eh belauscht", sagte Elias nüchtern.

„Was?", fragte ich etwas zu empört. „Wann habe ich euch belauscht?"

„Vom Fenster aus."

„Ich habe abgewaschen und dabei aus dem Fenster geschaut. Das werde ich wohl noch dürfen, oder? Also, was hat der Konstantin erzählt?"

„Ich habe gewusst, dass du das fragen wirst."

„Ja toll. Also?"

„Wir haben ausgemacht, dass wir das nicht weitererzählen."

„Elias!"

Aber er blieb hart und sagte nichts weiter. Also wendete ich mich Klara zu.

„Er hat uns seinen Traum erzählt", sagte sie. „Klara!", rief Elias, um sie zu unterbrechen, dann legte er den Zeigefinger auf die Lippen.

„Und was hat er geträumt?"

Klara schüttelte bloß noch den Kopf.

„Bitte. Was hat er geträumt?"

Da legte Elias mir die Hand auf die Schulter, als wäre ich das Kind und er der Erwachsene.

„Du brauchst keine Angst zu haben, Papa", sagte er.

Ich lächelte ihn schwach an, obwohl ich ihn am liebsten gepackt und eine Antwort aus ihm herausgeschüttelt hätte.

Wir spazierten denselben Weg entlang wie am Vortag, aber diesmal nicht mehr streng im Familienverbund, sondern die Kinder als geschlossene Gruppe und mit bester Laune voneweg, wir Eltern hinterher.

Ich bog bald ins Unterholz ab und ließ meinen Blick über den Boden schweifen. Ich wollte Eierschwammerl, die es hier angeblich in Massen gab, für das Abendessen finden. Nach ein paar Minuten entdeckte ich einen bräunlich-weißen Pilz, dessen Form sehr einem Sonnenschirm ähnelte. Ich verglich ihn mit den Beispielbildern in meinem Pilzbuch, aber ich war mir nicht sicher, ob es ein Parasol oder ein giftiger Knollenblätterpilz war. Meine Großmutter hatte die Kappe des Parasols immer wie ein Schnitzel herausgebacken, und ich hatte es geliebt.

Ich schnitt den Pilz am Stiel ab, ging zurück zur Gruppe und zeigte ihn zusammen mit den Bildern im Buch herum, aber niemand traute sich, mir zu bestätigen, dass es sich dabei definitiv um einen essbaren Parasol handelte. Also warf ich meinen Fund mit einer gewissen Wehmut weg, ich wollte ja weder mich noch meine Familie vergiften.

Christine war in Gedanken versunken, sie schaute fast nie vom Feldweg auf und trottete etwas abgehängt hinter der Gruppe her. Ich ließ mich zu ihr zurückfallen.

„Alles okay?", fragte ich.

Sie nickte.

„Das wird schon wieder", sagte ich dann. Das war zwar eine Floskel, aber ich meinte sie trotzdem ernst. Ich wusste, wovon ich sprach. Und Christine wusste, dass ich das wusste. Mit Klara hatten Judith und ich am Abgrund gestanden, und Christine hatte uns damals am meisten geholfen.

Mit dem Kopf deutete sie in Richtung der Bründlmayers.

„Die haben immer alles unter Kontrolle", sagte Christine. „Und wer nicht immer alles unter Kontrolle hat, ist in ihren Augen ein asozialer Versager."

„Na ja, ganz so schlimm ist es auch nicht."

„Kannst du dich noch erinnern, wie abschätzig Eva mit Judith geredet hat, als ihr das mit Klara durchgemacht habt? Und hat sich Paul damals ein einziges Mal bei dir gemeldet?"

Damit hatte sie recht. Aber ich hatte das Gefühl, ich musste die Bründlmayers verteidigen, nicht aus Sympathie, sondern weil ich den Urlaub möglichst konfliktfrei halten wollte. Und meine Beziehung zu Christine sah ich als gefestigt genug an, dass sie mir ein harmloses Dagegenhalten nicht übel nehmen würde.

Also sagte ich: „Ohne sie gäbe es diesen Urlaub nicht."

„Und der verläuft ja bestens", sagte Christine und dann mussten wir beide lachen.

Eine Zeit lang gingen wir ruhig nebeneinander her und beobachteten die Kinder, wie sie Zapfen, Kastanien und Eicheln vom Boden aufklaubten, sie betrachteten und dann zwischen die Bäume wegschleuderten. Auch Konstantin war mit Begeisterung dabei.

Es war erstaunlich für mich, wie vertraut Christine und ich miteinander waren, obwohl wir uns manchmal zwei oder drei Monate nicht sahen. Für einen Moment hatte ich einen Wahlverwandtschaftsgedanken im Kopf, die Fantasie eines Partnertauschs nur für die Zeit unseres Urlaubs, aber da drehten sich Judith und Sebastian zu uns um und fragten, wie das vietnamesische Lokal im vierten Bezirk heiße. Die beiden waren also mit weniger existenziellen Themen beschäftigt.

Nachdem wir die Frage nach dem Lokalnamen rufend geklärt und Judith und Sebastian sich wieder umgedreht hatten, fragte ich Christine, ob Konstantin mit ihr schon über die letzte Nacht gesprochen habe.

„Er behauptet, er könne sich an nichts erinnern", sagte sie dann sehr zerknirscht. „Sonst erzählt er mir immer alles."

Ich überlegte kurz, ihr von meinem Gespräch mit meinen Kindern zu berichten, das nahelegte, dass Konstantin sich sehr wohl an seinen Traum erinnern konnte, ließ es dann aber bleiben, weil ich sie damit nur noch mehr belastet hätte. Stattdessen sagte ich: „Das kann schon passieren."

„Ja, aber das kommt bei ihm quasi nie vor –" Christine stockte. Es fiel ihr sichtlich schwer, auszusprechen, was sie aussprechen wollte. „Manchmal frage ich mich, ob wir es nicht übertreiben. Man kann Kinder leider nicht vor allem beschützen."

Ich hätte nie geglaubt, dass Christine diese Ansicht hat, vor allem als Ärztin. Ich wollte ihr von meinem Albtraum erzählen, aber ich konnte mich nicht dazu überwinden, denn ich hatte noch die Reaktion von zuvor im Kopf, den Blick, mit dem mich alle fixiert hatten.

Ich versuche, nicht so viel daran zu denken, aber wegen der ganzen Geschichte rund um Konstantin kommen mir wieder die Erinnerungen. Genauso wie er heute kam mir Klara am Morgen nach ihrem ersten Albtraum wie ausgewechselt vor. Während ich ihr einen Tee und ein Marmeladebrot herrichtete, saß sie still am Küchentisch. Auf Judiths morgendliche Verabschiedung reagierte sie dann gar nicht, ebenso wenig ging sie auf unsere Fragen ein, ob alles in Ordnung sei. Es war offensichtlich, dass dem nicht so war, aber Klara, die sonst wenig vor uns verheimlichte, zumindest weniger als Elias, der immer irgendetwas im Schilde zu führen schien, sagte nichts.

Im Auto auf dem Weg zum Kindergarten begann ich mehrmals ein Gespräch, aber Klara war apathisch. Ich überlegte umzudrehen und mir einen Tag Pflegeurlaub zu nehmen, aber das kam mir dann doch übertrieben vor, obwohl sie mir sehr leidtat, so verunsichert und mitgenommen.

Und bald rief auch Klaras Kindergartenpädagogin bei mir im Büro an, was eigentlich nur bei Not- und Unfällen vorkam, und ich wurde aus einer Teambesprechung geholt. Klaras Kindergartenpädagogin wusste nicht so recht, wie sie das Gespräch starten sollte, stockend fragte sie mich, ob in den letzten Tagen etwas vorgefallen sei in unserer Familie, denn sie mache sich Sorgen um Klara. Ich verneinte. Wir einigten uns darauf, dass ich Klara aus dem Kindergarten abholen würde, sobald die Besprechung abgeschlossen war.

Unterwegs dachte ich angestrengt nach, ob ich vielleicht irgendetwas übersehen hatte. Ich rekapitulierte das Wochenende. Wir hatten es zu viert verbracht, wir hatten keinen Besuch gehabt. Wir waren einmal auf dem Spielplatz gewesen, einmal im Wald, einmal im Buchgeschäft, Samstagvormittag gemeinsam auf dem Markt, sonst zuhause. Wir hatten weder mit noch vor Klara ferngesehen oder Nachrichten im Radio gehört, sie hatte keinen Zucker gegessen oder sonst etwas für sie Ungewohntes, sie hatte sich außer dem üblichen geschwisterlichen Hickhack nicht mit ihrem Bruder gestritten. Hatte ich vielleicht eine für Klara aufreibende Situation auf dem Spielplatz als harmlos interpretiert oder übersehen?

Eine andere Vermutung war, ob es mit dem Tod meines Vaters, also Klaras Großvater, zusammenhängen konnte. Klara hatte ihn gerne gemocht, aber es war doch schon mehrere Monate her, und wir hatten sehr offen und gleichzeitig ihrem Alter entsprechend mit ihr darüber gesprochen.

Und dann kamen die Horrorvorstellungen. Menschen, die heimlich in unser Haus eingedrungen waren. Der nette Onkel oder der nette Nachbar, den man zu Unrecht nicht verdächtigte. Oder vielleicht hatte man sogar selbst etwas damit zu tun und verdrängte es bloß? Ich überlegte, ich schrieb Listen und machte Notizen, aber mir fiel einfach nichts ein oder auf, was einen derartig heftigen Albtraum hätte erklären können.

Als ich Klara von der sonst immer herzlichen Kindergartenpädagogin übernahm, sah ich das erste Mal Misstrauen und eine gewisse Abneigung in ihren Augen. Mein Hinweis auf Klaras Albträume machte das Ganze noch schlimmer. Ich spürte, wie ich in ihrer Wertschätzung gesunken war, weil ich zuließ, dass Klara so etwas durchmachen musste.

Ich fuhr mit Klara zur Apotheke und bat sie, im Auto zu warten. Ich kaufte alles, was mir empfohlen wurde: einen Bio-Schlaf-gut-Tee, Durchschlaf-Dragees mit Baldrianwurzel-, Passionsblumenkraut- und Melissenextrakt und einen Amino-Abendtrunk mit Ashwagandha und Hopfen, kombiniert mit ausgewählten Mikronährstoffen.

Ich mochte Apotheken. Die mit Medikamenten gefüllten Regale beruhigten mich. Für jedes Problem gab es eine Lösung oder zumindest einen Lösungsansatz. Alles halb so schlimm. Ich hatte die naive Vorstellung, dass Klara schon in der kommenden Nacht wieder friedlich schlafen würde. Ich atmete die mit dem Geruch von ätherischen Ölen und Salben durchzogene Apothekenluft ein wie den Dampf eines heißen Eukalyptusentspannungsbades und schaute nach draußen zu Klara, wie sie ruhig im Auto saß. Ich las die bunt aufgedruckten Versprechungen auf den Packungen, ich las „Hopfen trägt zu einem gesunden Schlaf bei und Magnesium und Vitamin B6 unterstützen die normale Funktion des Nervensystems und der Psyche", dann begann ich zu weinen.

Ich stellte mich in eine Ecke der Apotheke und tat so, als würde ich mich für die Naturkosmetikprodukte interessieren, dabei liefen mir die Tränen über die Wangen. Ich wartete, bis es vorbei war, wischte mir über das Gesicht, dann ging ich nach draußen zu Klara.

Die nächsten zwei Nächte blieben entgegen meiner Hoffnung, alles würde besser werden, verhältnismäßig gleich schlimm, und die Tage wurden nur immer noch unerträglicher. Klara war träge, aß und redete wenig, schaute sich beständig misstrauisch um und war völlig lustlos, sie wollte weder in den Kindergarten noch auf den Spielplatz noch in die Sandkiste in unserem Garten. Am liebsten hätte sie nur noch Hörspiele gehört, aber Judith und ich waren uns einig, dass das bestimmt nicht die Lösung sein konnte. Außerdem hatte sie Angst vor dem Zusteller, der an der Tür läutete, um ein Paket zu bringen, und als ich eines Abends mit einem Glas Saft auf Klara zusteuerte, während sie mit dem Rücken zu mir auf dem Boden „Duplo" spielte und mich nicht gehört hatte, schreckte sie bei meiner Berührung an ihrer Schulter hoch und schrie mich mit vor Angst aufgerissenen Augen an, als würde ich ein gezücktes Messer in der Hand halten.

Am schlimmsten war aber, dass Klara nicht mehr schlafen wollte. Spätestens um sieben begann sie zu verhandeln und zu zetern, und es dauerte oft Stunden, bis sie am Ende völlig erschöpft wegdöste.

Judith und ich waren am Ende unserer Kräfte. Wir sprachen mit Christine darüber, was wir tun sollten. Sie erklärte, dass es grundsätzlich darum gehe, nicht die Träume an sich als das Problem zu sehen, sondern das Rundherum. Genau so, wie Judith und ich es versucht hatten zu machen, empfahl sie uns einen möglichst stressfreien Alltag (was schwierig war, denn die Situation war an sich schon stressig), viel Bewegung (was sehr schwierig war, denn Klara war müde und lustlos), kein Fernsehen vor dem Schlafengehen (was eine Selbstverständlichkeit war) und entspannende Bäder und Tees (was wir auch schon probiert hatten). Außerdem empfahl sie uns, Klara solle ihren Traum malen, wenn sie ihn schon nicht mit uns besprechen wolle. Und wir sollten ihr erklären, sie könne versuchen, sich in diesem Rahmen ein alternatives, ein besseres Ende für den Traum auszudenken.

Zuerst sperrte sich Klara gegen die Idee, dann griff sie doch zu den Stiften. Ich ließ sie ein paar Minuten alleine, dabei ging ich ungeduldig in der Küche auf und ab. Ich wollte endlich wissen, was sie träumte, was sie so quälte, was in ihr vorging.

Dann zeigte sie mir das Bild. Ich konnte nicht genau sagen, was ich mir vorgestellt hatte, aber das hatte ich nicht erwartet: Es war die Zeichnung eines Hauses, das trotz seiner schematischen Darstellung doch unserem entsprach. Im Haus saß ein Kind mit einer Wolke über dem Kopf. Und rund um das Haus waren sehr viele Pfeile, dicke und dünne, lange und kurze, die alle auf das Haus zeigten, aber das Haus nicht berührten. Ich stellte einige Fragen, aber Klara antwortete nicht. Das Bild musste offensichtlich reichen.

Nach zwei weiteren Tagen und Nächten voller Panik, Schweiß und Gebrüll von Klara besuchte Christine uns. Sie wusste auch nicht weiter. Ich beschloss, mit Klara zu unserem Hausarzt Doktor Hashemi zu fahren. Ich glaubte nicht daran, dass er uns etwas Neues würde erzählen können, aber ich musste irgendetwas tun.

Klara starrte in der Ordination auf den Schrank voller weißer Medikamentenschachteln, während ihr Doktor Hashemi in die Ohren schaute, ihre Lunge abhörte und ihren Blutdruck maß.

Klara öffnete den Mund und sagte „Aaahhh", wie es der Arzt verlangt hatte, sie atmete tief ein und aus und folgte mit ihren Pupillen dem Licht seiner Diagnostikleuchte, aber sie weigerte sich, sich von seiner guten Laune anstecken zu lassen. Er stellte ihr viele Fragen. Zu ihren abendlichen Gewohnheiten, zu ihrem Kindergartenalltag, zum Familienleben. Klara antwortete einsilbig, aber, soweit ich das beurteilen konnte, ehrlich. Sie war hier, weil ihre Eltern es wollten. Sie selber sah offensichtlich keine Notwendigkeit darin, hier zu sein, auch wenn sie sich nicht wohlfühlte. Es war, als hätte sie sich damit abgefunden.

Dann schickte mich der Arzt nach draußen. Er würde gerne mit Klara alleine sprechen. Ich fragte Klara, ob das okay für sie war, sie nickte, also setzte ich mich für ein paar Minuten ins Wartezimmer und blätterte durch eine zwei Monate alte Ausgabe eines Nachrichtenmagazin, um mich abzulenken.

Zurück im Behandlungszimmer erklärte mir der Arzt im Flüsterton, während Klara sich die Regenjacke anzog, dass ihr aus seiner Sicht körperlich nichts fehlte. Auch im Gespräch zeige sie keinerlei Abnormalitäten. Er wiederholte die Ratschläge, die uns Christine schon gegeben hatte, und meinte abschließend, wir sollten noch ein wenig abwarten, aber falls nicht rasch eine Besserung eintrete, müsse man eine psychiatrische Behandlung in Betracht ziehen.

Im Auto auf dem Weg nachhause, vorbei an den links und rechts aneinandergereihten Einfamilienhäusern, nur manchmal unterbrochen von einer aus Spekulationsgründen noch brachliegenden Wiese, legte ich mir einen Plan für den Abend und die bevorstehende Nacht zurecht, auch wenn ich das Gefühl hatte, als wäre es ein sinnloses Unterfangen. Bald würden Judith und ich unsere Pflegeurlaube für dieses Jahr aufgebraucht haben. Klara musste unbedingt wieder in den Kindergarten. Elias wurde wegen der ganzen Sache ebenso vernachlässigt wie meine an Krebs erkrankte Mutter, die wöchentlichen Besuche bei ihr konnte ich nur noch selten erledigen.

Ich wollte Klara helfen, ich wollte sie vor einer weiteren Horrornacht und vor allem vor den Nachwirkungen beschützen, vor den Pfeilen, die auf das Haus zeigten, was auch immer sie bedeuteten, aber ich musste mir eingestehen, nicht zu wissen, was ich noch tun sollte.

Ich hoffte, dass Christine und Sebastian das alles nicht mit Konstantin durchmachen müssen. Wobei, so schlimm es auch war, es gab auch schöne Momente. Es machte mich zum Beispiel stolz, wie hilfsbereit Elias in Klaras Albtraumhochphase gewesen war. Er war ein richtig lieber großer Bruder, wir hatten wohl nicht alles falsch gemacht, wie ich mir oft vorwarf. Mit ihm gemeinsam trug ich Klaras Bett ins Elternschlafzimmer, damit sie bei uns schlafen konnte. Elias las seiner kleinen Schwester vor, sie durfte sogar das Buch aussuchen. Außerdem sah ich, wie er ihr mehrmals über den Kopf streichelte, eine Geste, die ich von ihm in dieser Art noch nie gesehen hatte.

Zuerst schien die Ortsveränderung mit dem Elternschlafzimmer und die Sicherheit, die Judith und ich ihr hoffentlich gaben, Klara zu beruhigen. Die folgenden Nächte waren etwas weniger schlimm, untertags war Klara lebhafter.

In der sechsten oder siebten Nacht schreckte ich jedoch von einem weiteren spitzen Schrei Klaras hoch. Ich sah sie aufrecht an der Kante ihres Bettes sitzen. Ich hatte Angst, sie würde herausfallen, erhob mich und redete ruhig auf sie ein. Judith stand ebenfalls auf, aber Klara schien uns nicht zu erkennen. Als ich meine Hand hob, um eine beruhigende Geste zu machen, wich sie vor mir zurück, als wäre ich die Person, vor der sie sich fürchtete, stolperte aus dem Bett und bald lehnte sie mit dem Rücken am Fensterbrett, den Blick noch immer panisch auf mich und Judith gerichtet. Mit jedem Wort, das ich an sie richtete, und jeder Geste schien Klara panischer zu werden. Dann, auf einmal, kletterte sie auf das Fensterbrett und öffnete das Fenster, in einer fließenden Bewegung, als wäre es das alltäglichste auf der Welt. Sie hielt sich nur noch am Fensterrahmen fest. Eine falsche Bewegung, ein Schritt nach vorn und sie würde mehrere Meter tief auf unsere gepflasterte Zufahrt stürzen.

Ich verstummte und blieb wie erstarrt stehen, neben mir Judith, an die ich mich klammerte. Unsere Erstarrung war das Einzige, was Klara beruhigte, denn plötzlich hörte sie zu schreien auf. Ich wollte schon losrennen, ich sah vor mir, wie ich auf sie zustürzte, sie gerade noch rechtzeitig erwischte, fest in die Arme schloss und vom Fensterbrett hob, aber Judith hielt mich geistesgegenwärtig zurück. So standen wir uns einige Zeit gegenüber, unsere Tochter ruhig im Fenster, der Wind ließ ihr Pyjamaoberteil flattern, und Judith und ich rat- und bewegungslos neben unserem Bett.

Nach einiger Zeit sagte ich Klaras Namen, möglichst sanft, möglichst ruhig, aber selbst das wühlte sie auf. Ich verstummte wieder. Die letzte Idee, die mir dann noch kam, war, mich aus dem Zimmer zu schleichen, die Matratze des Gästebetts zu nehmen und sie unter dem Fenster zu platzieren. Die Idee kam mir schwachsinnig vor, aber ich musste etwas tun, irgendetwas, also flüsterte ich sie Judith ins Ohr und machte mich langsam und rückwärts auf den Weg. Daraufhin kletterte Klara vom Fensterbrett, und mit jedem Schritt, den ich aus dem Zimmer ging, machte Klara einen Schritt nach vorn in das Zimmer hinein. Bald stand ich auf dem Gang und sie wieder vor ihrem Bett. Judith wagte einen Schritt nach vorn, Klara reagierte nicht darauf. Judith wagte noch einen, wieder keine Reaktion, also ging Judith langsam zum Fenster und schloss es. Sie schaute mich fragend an, ich deutete ihr, sie solle ins Bett gehen. Ich setzte mich auf den Teppich vor der Tür und beobachtete, wie meine Tochter wieder in ihr Bett schlüpfte, bald eingeschlafen war und gleichmäßig atmete. Ich traute mich nicht mehr zurück ins Zimmer und zog mich zur Sicherheit ins Wohnzimmer zurück.

Am nächsten Tag schmerzte mein Rücken von der Nacht auf dem Sofa und es war Zeit für eine Entscheidung, wie wir mit der Möglichkeit einer Einweisung in eine psychiatrische Klinik mit Spezialisierung auf Schlafstörungen umgehen sollten. Dies war mir lange absurd erschienen, nicht, weil ich eine psychiatrische Behandlung ablehnte oder diese stigmatisierend fand, sondern weil ich darin ein Eingeständnis mangelhafter elterlicher Fürsorge von meiner und Judiths Seite sah. Wir saßen am Esstisch zusammen. Es gab nicht viel zu diskutieren. Judith und ich waren uns einig, dass wir heute alles organisieren und erst, bevor wir wirklich losfuhren, mit Klara darüber sprechen würden. Wir wollten die letzten Stunden zuhause nicht mit einem zu früh geführten Gespräch noch schwieriger machen, als sie sowieso schon sein würden.

Judith telefonierte mit Christine und mit Doktor Hashemi. Sie würden sich um einen Platz in der Klinik bemühen. Weil ich eine Betätigung brauchte, kaufte ich im Baumarkt ein und sicherte dann die Fenster im oberen Stockwerk. Später spielte ich mit Klara Mühle. Sie sprach wenig, wirkte sonst aber stabil.

Doktor Hashemi benachrichtigte uns, dass wir mit Klara bereits am Nachmittag in die Klinik fahren konnten. Klara nahm die Neuigkeit gut auf, beinahe gelassen.

Eine Woche lang war sie dort. Sie wurde im Schlaflabor verkabelt, EEGs wurden gemacht, die REM-Phase überprüft. Sie machte Gesprächstherapie, Kunsttherapie, Yoga, und sie bekam auch Medikamente, aber nur für ein paar Tage. Uns wurde empfohlen, in gemeinsamen Sitzungen unsere Beziehung zu bearbeiten, aber zumindest standen Judith und ich nicht als schlechte Eltern da, denn viele Hinweise, wie zum Beispiel die Mediennutzung einzuschränken, kannten wir bereits, und wir hielten uns auch penibel daran.

Als Klara wieder nachhause kam, ging es ihr besser, aber noch nicht gut, und in Nacht zwei stand sie wieder brüllend und schweißgebadet im Bett. Sie war verzweifelt, wir waren verzweifelt. Sie sagte, sie schaffe es einfach nicht, ihre Albträume zu einem positiven Ausgang zu lenken, oder den Traum zu träumen, den sie sich am Vorabend vornehme.

Das Schlimmste für mich war, dass ich nicht genau wusste, was in Klara vorging. Ich hatte sie als Neugeborene gewiegt, ich hatte ihr das Fläschchen gegeben, ich hatte sie gewickelt und gefüttert, ich hatte sie beim Gehen und Sprechen lernen beobachtet und begleitet, ich war mit ihr beim Impfen und beim Röntgen gewesen, ich hatte mit ihr die Eingewöhnung im Kindergarten gemacht, ich hatte sie fiebernd im Arm gehalten, bei aufgekratzten Knien und Beulen am Kopf getröstet, ich erkannte mich in ihren Gesten, ihren Redensarten und in ihren Gesichtszügen wieder und ich hatte keine Ahnung, was sie gerade dachte, fühlte und fürchtete.

Es drückte mich vollkommen zu Boden. Ich fühlte mich gelähmt und hoffnungslos. Ich war gemeinsam mit meiner Tochter in einem Albtraum gefangen. Ich konnte ihr nicht nur nicht helfen, nein, sie fürchtete sich vor mir. Irgendwie mussten wir das Gefühl der Bedrohung gemeinsam besiegen.

Ich zerbrach mir den Kopf, was ich tun konnte. Ich erinnerte mich an die Broschüre, die mir ein jüngerer Arzt im Schlaflabor überreicht hatte. „Für die schwierigen Fälle", sagte er. Es handelte sich um ein Ferienlager, das mehr wie ein Straflager für schwer erziehbare Jugendliche aussah. Um es seriöser wirken zu lassen, wimmelte es nur so vor englischen Begriffen: „Therapeutic boarding school". „Certified wilderness program". „Behavior modification program". „Emotional growth school". Ich verspürte große Abneigung, aber mir fiel nichts anderes mehr ein.

Dann läutete mein Telefon, ich wurde aus einem Krankenhaus angerufen. Ich war zuerst irritiert, denn Judith hatte sich um alles Organisatorische mit der Klinik gekümmert, bis ich verstand, dass es um meine Mutter ging.

Ich dachte, ich sei auf ihren Tod vorbereitet, seit der Krebsdiagnose und trotz der Therapien wurde die Situation meiner Mutter Monat für Monat aussichtsloser, aber die Nachricht traf mich dann trotzdem unvermutet hart. Sie musste immerhin nicht allzu sehr leiden, sagte mir die behandelnde Ärztin.

Ich war traurig, aber nicht geschockt. Ich war froh, etwas zu tun zu haben, auch wenn ich mich im ersten Moment nicht dazu bereit fühlte, ein Begräbnis mit allem Drumherum zu organisieren. Als Einzelkind blieb mir nichts anderes übrig, und Judith war wie immer eine große Hilfe. Sie übernahm auch das Gespräch mit den Kindern.

Am Tag nach der Todesnachricht wachte ich erstaunlich erholt auf. Ich rieb mir die Augen, streckte mich, ich sortierte meine Gedanken und ich verstand, meine Mutter war gestorben und Klara hatte keine Albträume gehabt.

Klara hatte eine ungebrochene Liebe zu ihrer Oma empfunden und war traurig, vielleicht noch trauriger als ich. Die nächsten Tage war sie das liebste Kind, einfühlsam und verständnisvoll, und sie hatte keine Albträume. Und so erzählten wir allen die glaubwürdige Geschichte, wie bei Klara alles mit der Trauer um ihren Großvater angefangen hatte und sie durch den Schock über den Tod ihrer Großmutter geheilt worden war. Nur ich wusste, dass das nicht stimmte, nicht ganz.

Nach unserem Spaziergang heute Vormittag hätte ich Lust gehabt, ein Bier zu trinken, aber wir hatten uns darauf geeinigt, den sich potenziell ergebenden Problemen des Tages unbeeinträchtigt entgegenzutreten, um dann im Fall der Fälle auch im Vollbesitz unserer Kräfte eingreifen zu können.

Wir wollten eigentlich zu Mittag draußen grillen. Aber der Himmel war bedeckt, mich fröstelte, und ich war nicht der Einzige. Wir beschlossen, den Kachelofen schon mittags einzuheizen.

Ich nahm mir den leeren Holzkorb. Da ich im Vorraum merkte, dass ich unbeobachtet war, ging ich, anstatt Brennholz zu holen, nach oben in das Zimmer der Riedls. Ich wollte endlich wissen, was Konstantin heute früh in sein Traumtagebuch diktiert hatte. Ich sah sofort die zwei Tablets, die auf den Nachtkästchen neben dem fein säuberlich gemachten Bett lagen. Ich probierte bei beiden einige sehr beliebte und sehr unsichere Codes wie 1-2-3-4-5-6, 0-0-0-0-0-0 oder 1-5-9-7-5-3 aus, hatte damit aber keinen Erfolg. Leider wusste ich Konstantins Geburtsdatum nicht, das wäre auch noch einen Versuch wert gewesen.

Ich legte die Tablets zurück an ihren Platz, nahm den Korb und ging nach draußen zum Brennholz, das an der Rückwand des Hauses gestapelt war. Ich klaubte einige Scheite in den Korb, dann hörte ich hinter mir am bewaldeten Hang Äste knacken. Ich drehte mich um, sah aber niemanden, also arbeitete ich weiter. Bald hörte ich es im Wald rascheln. Ich drehte mich abermals um, ließ den Blick schweifen. Nichts tat sich, zumindest nichts, was ich bemerkte. Es begann mich wieder zu frösteln, ich wollte zurück ins Haus, aber dann wieder ein Knacken, links oben. Mit zusammengezwickten Augen spähte ich angestrengt in den Wald, und es kam mir vor, als würde ich die Silhouette eines Mannes erkennen, der sich gebückt vom Boden erhob und sofort wieder zwischen den Bäumen verschwand.

Ich war mir bald sicher, dass ich mir das bloß eingebildet hatte. Ich ging ein paar große Schritte in den Wald hinein und sah etwa zwanzig Meter über mir am Hang etwas liegen. Bald stand ich schwer atmend vor dem Kadaver eines Rehs.

Meinem laienhaften Blick nach war es wohl schon einige Zeit tot, das Fleisch war mitten im Verwesungsprozess, Knochen zeigten sich bereits an einigen Stellen.

Die Kinder durften das nicht sehen, vor allem Konstantin nicht. Ich schob mit den Füßen provisorisch Laub und Äste über den Kadaver, dann trug ich das Holz in die Stube und versuchte, dabei möglichst entspannt zu wirken. Ich winkte Paul Bründlmayer zu mir, unter dem Vorwand, ich bräuchte seine Hilfe beim Einheizen. Er ließ sich natürlich nicht zweimal bitten und vor der offenen Kachelofentür kniend erklärte ich ihm die Situation.

Er sah besorgt aus, sagte aber, ja, so sei das eben in so einer Gegend. Ich wusste nicht ganz, was er meinte. Judith ging an uns vorbei und fragte, was los sei, und so versammelten wir Erwachsenen uns.

Eva schüttelte den Kopf. „Es ist überall das Gleiche."

„Was meinst du?", fragte Judith.

Eva schaute Judith entgeistert an. Als könnte sie nicht glauben, dass Judith wirklich so naiv war. Ob sie nichts von den Wilderern in den umliegenden Ortschaften mitbekommen habe. Und die Wilderei habe natürlich genau zur gleichen Zeit begonnen, wie die Flüchtlinge im Sporthotel untergebracht worden waren.

„Die kriegen doch bitte genug zu essen", sagte Sebastian empört.

„Beim Wildern geht's ja nicht ums Überleben", sagte Eva. Und dann legte sie richtig los. Sie erzählte mehrere Sichtungen von mit Macheten, Schraubenziehern oder Hämmern bewaffneten Asylwerbern, und es tue ihr leid, dass sie mit diesen Geschichten unsere politischen Gefühle verletze, aber wir müssten doch auch erkennen, was sich vor unseren Augen abspiele.

Sebastian versuchte mit Fakten zu kontern, denn es gab diverse Erklärungen für die tatsächlich in letzter Zeit gehäufte Anzahl an verendeten Tieren, die auf Parkplätzen und Straßen gefunden wurden. Er nannte zum Beispiel die Vertreibung der Tiere aus ihrem natürlichen Lebensraum, ausgelöst durch massive Bautätigkeiten und Versiegelung von Grünflächen, weiters die Zerstörung von Nahrungsgrundlagen durch Murenabgänge und starke Gewitter. Sebastian erklärte, dass es stimme, dass es in der Nähe von insgesamt drei Flüchtlingsunterkünften zu Funden von entstellten Tierkadavern gekommen sei, es genau an diesen drei Orten aber in den Wochen zuvor Unwetter inklusive Hochwasser gegeben habe. Wenn man also glaube, die Flüchtlinge hätten etwas damit zu tun, sei das ein klassischer Fall des Verwechselns von Kausalität und Korrelation.

Eva hörte sich das geduldig an, nur um dann zu erwidern, sie habe einfach keine Lust, dass ihre Kinder mitansehen müssten, wie irgendein Arschloch einen Feldhasen mit einer Zange malträtiere, nur weil es ihm Spaß mache.

„Was hat das eine bitte mit dem anderen zu tun?", fragte Sebastian.

Ich hatte den Eindruck, Eva trieb ihre eigene Meinung ins Extreme, weil sie Spaß an unserer Empörung hatte. Denn Christine starrte Eva fassungslos an, Sebastian bebte und Judith vergrub ihr Gesicht in den Händen. Nur Paul Bründlmayer grinste. Ich versuchte, möglichst unbeteiligt zu wirken, denn natürlich dachte ich an die Person, die ich vielleicht im Wald gesehen hatte, von der ich aber nicht vorhatte zu erzählen, da die Stimmung nur noch weiter hochkochen würde. Ich hielt Evas Gerüchte für eben das: Gerüchte, die in ihrer Essenz rassistischer Dreck waren. Trotzdem hatte ich das ungute Gefühl, dass sich darin vielleicht doch eine kleine Wahrheit verbarg, denn möglicherweise hatte ich gerade einen Wilderer gesehen und ich durfte meine Kinder nicht in Gefahr bringen, nur weil ich eine Diskussion nicht weiter anheizen wollte, also warf ich sofort einen Blick aus dem Fenster zu den Kindern. Sie hatten sich in einer losen Gruppe zusammengefunden. Konstantin erzählte etwas, dabei machte er ausufernde Gesten. Und er erzählte wohl sehr eindringlich, denn die anderen hörten ihm gebannt zu. Vor allem bei Elias wunderte mich seine Aufmerksamkeit, die ich so überhaupt nicht von ihm kannte. Lea stand direkt neben Konstantin und stellte immer wieder Fragen, die er beantwortete. Dann begann er, etwas vorzuzeigen. Er ging rückwärts, dabei schaute er sich immer wieder in alle Richtungen um, als würde er etwas oder jemanden suchen. Lea machte es Konstantin nach, aber sie ging viel schneller als er und schaute sich auch viel hektischer um. Konstantin bremste sie und sagte ein paar Worte, dann probierte sie es abermals, diesmal ähnelte ihr Schauspiel schon viel mehr dem von Konstantin.

Lea und Konstantin forderten daraufhin die anderen drei Kinder dazu auf, es ihnen gleichzutun. Und bald gingen alle rückwärts und in Reih und Glied durch den Garten und schauten sich dabei immer wieder um. Nach einer Weile stoppten sie, besprachen sich, dann bewegten sie sich gemeinsam rückwärts ins Haus hinein. Kurz sah ich sie nicht, bis sie im Stiegenhaus vorbeikamen, in das ich durch die offene Tür schauen konnte.

Die anderen Erwachsenen, die mittlerweile bemerkt hatten, dass ich seit einigen Minuten vom Gespräch abgelenkt war, folgten meinem Blick und sahen, wie die Kinder rückwärts die Stiegen hinaufgingen. Eva und Sebastian riefen die Namen ihrer Kinder, aber die reagierten nicht.

„Bitte was ist das schon wieder?", fragte mich Paul Bründlmayer, als müsste ich es wissen.

„Ein Spiel vermutlich", sagte ich. „Sie haben gerade vorher damit begonnen."

„Was soll das für ein Spiel sein?", fragte Judith.

„Das schaue ich mir an", sagte Eva, und so folgte ich mit ihr und Sebastian den Kindern in den ersten Stock. Wir sahen vom Stiegenhaus, dass sie sich auf den Balkon zurückgezogen hatten. Sie kauerten eng aneinandergeschmiegt in einer Ecke. Dabei sprach Konstantin mit gefasster Stimme. Er erzählte von Fensterscheiben, die immer wilder vibrierten, und einer sich nähernden Bedrohung, begleitet von einem tiefen Brummen, dann sagte er, die erste Attacke stehe kurz bevor, und daraufhin war auch er ruhig.

Eva, Sebastian und ich schauten uns an. Sie verstanden nicht, was da passierte, zumindest wirkte es so, ich verstand es auch nicht, hatte aber eine Vermutung, denn ich erinnerte mich an meinen eigenen Albtraum und an Klaras Zeichnung. Konnte es sein, dass Konstantin das Gleiche geträumt hatte wie Klara? Und dass ich das Gleiche geträumt hatte wie Klara und Konstantin?

Eva trat als Erste auf den Balkon, gefolgt von Sebastian und mir. Sie fragte, was sie da machten. Keine Reaktion. Sebastian rief ungewohnt geladen „Hallo?!", aber die Kinder hockten weiterhin reglos und mittlerweile mit geschlossenen Augen da.

Ich kniete mich zu Klara und tätschelte ihr die Wange. Sie war definitiv wach, aber sie tat so, als würde sie mich nicht bemerken. Ich schaute immer wieder zwischen Klaras und Elias' Gesicht hin und her.

Ich redete auf Klara ein, Sebastian redete auf Konstantin ein, Eva redete auf Lea ein, wir redeten und redeten, mir wurde ganz schwindlig, ich wusste nicht, was ich tun sollte, bis ich ein Lachen hörte, das nicht mehr unterdrückt werden konnte. Es war Konstantin. Er richtete sich in den Armen seines Vaters auf, und daraufhin öffneten auch die anderen Kinder ihre Augen und stimmten in sein Lachen ein.

Ich konnte es nicht fassen. Ich schrie die Kinder an, wobei mir schnell die Argumente ausgingen, also wiederholte ich mehrmals, dass das unmöglich sei und so nicht gehe. Dabei schaute ich abwechselnd Klara und Elias an. Elias ließ meinen Wutausbruch einfach über sich ergehen, Klara aber war völlig eingeschüchtert und ich merkte, wie ich gerade jedes in den letzten Tagen wiedergewonnene Vertrauen in diesem Moment verspielte. Als ich mich ein wenig beruhigt hatte, fragte mich mein Sohn: „Was meinst du mit: ‚Das geht so nicht'?"

„Na das alles."

„Wir haben doch gar nichts gemacht. Wir sind nur auf den Balkon gegangen."

„Ja, aber rückwärts!"

„Na und?", sagte Elias und schaute mich herausfordernd an. Ich wusste nicht mehr weiter, und dann schaltete sich auch noch Konstantin ein, der, was ich so mitbekam, gerade das gleiche, ins Nichts laufende Gespräch mit seinem Vater geführt hatte: „Sagt uns, was wir falsch gemacht haben."

Ich konnte es nicht sagen, und Sebastian und Eva konnten es auch nicht. Sebastian wollte jetzt, dass Konstantin mit ihm den Balkon verließ, aber Konstantin weigerte sich, also versuchte Sebastian seinen Sohn gegen seinen Willen hochzuheben und ihn so vom Balkon zu tragen.

Da tauchte Paul Bründlmayer an der Balkontür auf, eine Bierflasche in der Hand, und fragte, was denn hier los sei.

„Haben wir nicht ausgemacht, nichts zu trinken?", fragte Eva und schaute dabei mich an, als hätte ich die Flasche in der Hand.

„Jetzt reg dich nicht so auf", sagte Paul Bründlmayer und nahm einen Schluck.

„Danke, dass du mir so viel hilfst", sagte Eva zu ihrem Mann, dann packte sie Lea und Max am Shirt.

„Also, was sollte das jetzt?", fragte ich meine Kinder, um das Gespräch wieder aufzunehmen.

„Wir haben gespielt", sagte Elias, als würde das alles erklären.

„Aber was war das für ein Spiel?"

„Ein neues", sagte Klara.

„Ja, und worum geht es da?"

Elias atmete als Antwort genervt aus.

„Und was soll das bedeuten, ‚die erste Attacke steht kurz bevor?'", hörte ich Sebastian neben mir fragen.

Christine entschuldigte sich daraufhin bei allen für die Unannehmlichkeiten. Es war ihr ausgesprochen peinlich, dass ihr Sohn die anderen zu diesem Blödsinn angestiftet hatte. Sie tat mir leid und ich kam ihr zu Hilfe. „Was ist denn eigentlich schon groß passiert? Nichts."

Das erfreute zwar weder die Bründlmayers noch Judith, die wohl gerne irgendwelche Sanktionen gegen Konstantin gesehen hätten, aber gleichzeitig mussten sie sich eingestehen, dass es schon absurd war, ein Kind dafür zu bestrafen, mit anderen Kindern rückwärts eine Stiege hinaufzugehen.

Was sollten wir mit den Kindern machen? Sie spielten endlich miteinander, so wie wir uns das alle die ganze Zeit gewünscht hatten, und wir begannen jetzt zu überlegen, wie wir sie voneinander fernhalten könnten.

Natürlich machte ich mir auch Sorgen, aber Klara ging es gut, Elias ging es gut, und ich wollte mir endlich einmal nicht für zehn Minuten den Kopf zerbrechen.

Der Sonnengruß, der Baum, der Krieger, das Kind. Wir hatten uns dafür entschieden, mit den Kindern trotz des Urlaubs eine zusätzliche Yoga-Session pro Tag einzulegen. Aber Konstantin musste von seinen Eltern zu jeder weiteren Übung gezwungen werden und atmete davor immer schwer genervt aus, und auch meine Kinder waren nachlässig in ihren Bewegungen. Wir wollten ihnen helfen, und sie boykottierten es. Wieder einmal brachten sie mich ans Ende meiner Kräfte. Ich fühlte mich, als hätten sie meine schützende Hülle zersetzt, durch ihre pure Anwesenheit alle Schichten aus Posen und Meinungen und Verhaltensweisen in mühsamer Kleinstarbeit abgetragen, bis ich nur noch ein Skelett war, das selbst zum Schreien zu müde und zu zermürbt war.

Dabei ging es uns doch eigentlich so gut, bis auf die banalen, alltäglichen Probleme wie vergessene Überweisungen, grippale Infekte oder Parkschäden am Auto. Judith und ich hatten sichere, gut bezahlte Jobs, der Kredit für unser Haus würde in sieben Jahren getilgt sein, wir und die Kinder waren gesund, wir hatten ein angemessen distanziert freundliches Verhältnis zu unseren Nachbarn, wir trafen die erweiterte Verwandtschaft an den großen Feiertagen und mischten uns nirgends zu viel ein und ließen auch niemanden zu sehr in unserem Leben herumpfuschen, die Kinder stritten nicht unnatürlich oft, Elias strengte sich in der Schule an, Klara konnte schon lesen und ihre Entwicklung lag sowohl körperlich als auch intellektuell über dem Durchschnitt. Wenn es nicht diese Albträume gäbe, könnten wir endlich unbeschwert unser Leben führen und glücklich sein.

Die Kinder saßen rund um den Tisch und malten. Dabei wollten wir sie nicht stören, also kochte ich noch einen Kaffee, Judith und Sebastian gingen nach oben, um zu lesen, Paul Bründlmayer hackte Holz und Eva sammelte Walderdbeeren. Ich sah, wie Konstantin als Erster seinen Stift weglegte und seinen Malblock den anderen Kindern hinschob.

„So ungefähr."

Lea, Klara, Elias und Max hörten ebenfalls auf zu malen und sahen sich Konstantins Zeichnung an.

„Cool", sagte Elias.

Klara wirkte nicht begeistert, sondern eingeschüchtert.

„Das kommt mir bekannt vor", sagte sie mit dünner Stimme.

„Hast du das auch schon einmal geträumt?", fragte Konstantin.

Klara war sich nicht sicher.

„So was habe ich noch nie geträumt", sagte Lea. Elias und Max ging es gleich.

Im Vorbeigehen konnte ich einen Blick auf Konstantins Bild erhaschen. Das Bild zeigte ein Haus, das im Nebel lag, und rundherum waren pfeilartige Blitze, die auf eben dieses Haus zeigten. Das Bild hatte Ähnlichkeiten mit dem, das Klara vor einiger Zeit gemalt hatte.

Ich war mir inzwischen sicher, dass die Kinder vorhin Konstantins Traum nachgespielt hatten, und teilte das auch den anderen Erwachsenen mit, ohne dass die Kinder etwas davon mitbekamen. Judith und die Bründlmayers hatten entgegnet, dass sich die Kinder doch vor den Albträumen fürchten würden, warum sollten sie diese dann nachspielen?

„Das weiß ich nicht, aber ich glaube, es ist was Gutes", hatte Christine gesagt.

Ich hatte genickt, mir dabei aber gedacht: Vielleicht auch nicht. Was ich weiterhin verschwieg, war, dass mir der Traum bekannt vorkam. Ich hätte meinen Albtraum wohl in einer ähnlichen Zeichnung dargestellt.

Die Riedls hatten vorgeschlagen, dass Konstantin heute bei ihnen und nicht im Matratzenlager schlafen sollte, und die Bründlmayers, Judith und ich hatten dankbar zugestimmt. Wir hatten das den Kindern auch vor dem Abendessen erklärt, sie hatten es stumm hingenommen, auch Konstantin. Aber als Christine und Sebastian Konstantin baten, sich von den anderen Kindern zu verabschieden, um ihn danach nach oben zu bringen, wehrte er sich. Zuerst protestierte er lautstark, dann schlug er auch die nach ihm greifenden Hände seiner Eltern weg. Christine und Sebastian waren von seiner Trotzreaktion irritiert, so wie heute kannten sie ihren Sohn offensichtlich nicht und sie wussten auch nicht, wie sie damit umgehen sollten.

„Dann fangen einfach wir an", sagte Judith in meine Richtung, wohl hoffend, damit etwas Spannung aus der Situation zu nehmen, was mir nur recht war. Ich wollte Klara an der Hand nehmen, aber sie entzog sie mir. Und Elias wich vor seiner Mutter zurück.

„Wir gehen nur schlafen, wenn der Konstantin auch bei uns schlafen darf", sagte Lea. Die Kinder hatten sich das wohl vorher untereinander ausgemacht, und es wirkte, als würden sie es ernst meinen.

„Und sonst? Was passiert sonst?", fragte Paul Bründlmayer seine Tochter.

„Sonst bleiben wir wach."

Die Bründlmayers und ich mussten lachen. Judith versuchte sich zurückzuhalten, aber auch aus ihr brach ein kurzes Auflachen heraus. Nur die Riedls konnten der neuen Herausforderung nichts Lustiges abgewinnen, sie wollten einfach ihren Sohn ins Bett bringen und standen ratlos da.

Der Gesichtsausdruck der Kinder änderte sich hingegen nicht, sie schienen von unserem Lachen in keiner Weise verunsichert zu sein.

„We don't negotiate with terrorists", sagte Eva zu uns, dann deutete sie Max und Lea, sich gefälligst zum Matratzenlager zu bewegen. Die beiden machten keinen Schritt.

„Dann sollen sie halt noch ein bisschen aufbleiben", sagte ich, weil ich die nächste Eskalation herannahen sah, „vielleicht sind sie einfach noch nicht müde."

Die Kinder nahmen das als Eingeständnis ihres Sieges und begannen wild und überdreht durch den Aufenthaltsraum zu rennen, dabei verhandelten sie, was sie jetzt noch spielen wollten.

Ich wusste, dass ich gerade unsere gesamten Bemühungen als Elterngruppe zunichtegemacht hatte, aber ich wollte mich einfach nicht mehr mit Diskussionen herumschlagen. Die Kinder sollten herumlaufen, bis sie umfielen.

Christine und Sebastian schienen gar nicht beleidigt zu sein, vielleicht waren sie froh, sich noch nicht mit Konstantin im Schlafzimmer beschäftigen zu müssen. Dafür war Eva richtig wütend.

„Na großartig!", sagte sie. „Es ist eh alles egal, oder?" Dann verschwand sie aus dem Aufenthaltsraum und wir hörten, wie etwas aus dem Kühlschrank genommen wurde.

„Prost!", sagte Eva kurz darauf, hielt uns ein halb gefülltes Weinglas entgegen und trank es dann in einem Zug aus.

„Hast du ihn geschüttelt?", fragte Paul Bründlmayer sie.

„Warum soll ich den Wein schütteln?"

„Das ist ein Naturwein. Den musst du schütteln."

Eva starrte ihren Mann einen Moment lang an, dann äffte sie ihn nach. „Unfiltriert, alte Sorte, auf der Maische vergoren."

„Du kennst dich eh aus", sagte Paul Bründlmayer, „warum schüttelst du ihn dann nicht?"

„Sollen wir doch nachhause fahren?", fragte Sebastian unsicher. „Noch ist es nicht zu spät."

„Niemand fährt!", schrie Eva, drehte sich um, holte die Weinflasche aus dem Kühlschrank, ein paar Gläser aus dem Regal, stellte sie auf den Tisch und schüttelte die Flasche demonstrativ und wild direkt vor dem Gesicht ihres Mannes. Dann schaute Eva zu den Kindern, die sich am großen Tisch vor „Mensch ärgere dich nicht" niedergelassen hatten. Sie hatten noch gar nicht zu spielen begonnen, weil sie damit beschäftigt waren, uns Erwachsene dabei zu beobachten, wie wir uns lächerlich machten.

Eine Stunde später waren wir betrunken und bei den Kindern jeder Widerstand gebrochen. Sie hingen müde am Tisch und schoben kraftlos die Spielfiguren auf dem Brett herum. Max waren bereits die Augen zugefallen und auch Klara schien, auf der Tischkante aufgestützt und das Gesicht in ihre Armbeuge vergraben, bereits zu schlafen.

Lea wehrte sich als Einzige mit unerwarteter Heftigkeit, als ihre Eltern einen neuen Hinlegeversuch starteten, aber als sie sah, dass selbst Konstantin seinen Eltern nicht mehr als ein leises Murren entgegenbrachte, gab auch sie auf. Erst als die Riedls mit Konstantin in ihr Zimmer abbiegen wollten, fand er zu neuer Energie. Er wollte unbedingt mit seinen neuen Freunden im Matratzenlager schlafen, nur probierte er es diesmal mit kindlicher Freundlichkeit, der man schwer etwas abschlagen konnte. Auf Sebastians und Christines verzweifelte Blicke hin nickte Judith, dann ich und dann auch, widerwillig, aber doch, Eva. Hauptsache, die Kinder schliefen. Judith half unseren Kindern bei der Katzenwäsche. Ich suchte ihnen ihren Lieblingspyjama heraus und platzierte ihn auf ihrem Schlafsack. Heute war Judith mit dem Hinlegen dran, und ich war überzeugt, sie ging es genau nach Plan und sehr liebevoll an, und Klara und Elias würden bald selig einschlafen, so wie Lea und Max am anderen Ende des Matratzenlagers und Konstantin in der Mitte.

Ich trank ein Bier und Paul Bründlmayer öffnete eine neue Flasche Wein, während wir auf die anderen warteten. Als Judith, Eva und die Riedls in den Aufenthaltsraum zurückkamen, prostete Paul Bründlmayer seiner Frau zu.

„Wie gut der erst schmeckt, wenn man ihn schüttelt", sagte er und schnitt dabei eine Grimasse.

„Sei ruhig und schenk ein!", sagte Eva.

„Ihr seid wirklich ein Vorbild für eine liebevolle Beziehung", sagte Judith.

„Ich weiß", sagte Eva, küsste ihren Mann auf den Mund und schlug ihm dann mit der flachen Hand auf den Hinterkopf, er zwickte sie dafür in den Oberschenkel.

„Und, wie ist es gelaufen?", fragte ich dann.

„Gut", sagte Judith, „Passt schon", sagte Eva, und Sebastian sagte „Bestens". Er war sichtlich erleichtert, auch Christine wirkte sehr gelöst. Dann entspann sich ein Gespräch über unsere Einschlafrituale. Paul Bründlmayer erklärte, er könne die Kinder nicht ins Bett bringen, weil sie bei ihm einfach nicht einschlafen würden. Er tat so, als hätte er die größte Bewunderung vor allem für mich und Sebastian, da wir es als Männer schafften, unsere Kinder zum Schlafen zu bewegen, aber insgeheim wirkte er eher stolz, so viel zu arbeiten, dass er eben selten zuhause war, wenn die Kinder ins Bett gingen.

„Es ist eigentlich gar nicht so schwer", sagte Sebastian.

Ich nickte eifrig, vielleicht zu eifrig.

„Hoffen wir einfach, dass Konstantin heute gut schläft", sagte ich, um das Thema abzuschließen. Aber in dem Moment, in dem ich es aussprach, wusste ich, dass es ein Fehler gewesen war, nur auf ihn Bezug zu nehmen.

„Also hoffen wir, dass alle gut schlafen natürlich", fügte ich hinzu, aber ich hatte gesagt, was ich gesagt hatte. Christine schaute betroffen zu Boden, nach der unerwarteten Spitze von mir, und Sebastian legte einen Arm um seine Frau.

„Entschuldige", sagte ich. „Wofür denn?", fragte Christine. „Wirklich, es tut mir leid", sagte ich. „Bitte, es passt schon", sagte sie.

„Meine Mutter hat mich einfach stundenlang schreiend im Bett liegen lassen. Irgendwann habe ich aufgegeben und aufgehört zu schreien. Hat mir meine Mutter erzählt, als ich sagte, dass es beim Schlafen bei uns nicht so einfach ist. Ich meine, das muss man sich einmal vorstellen", sagte Eva.

„Trotzdem bist du eine schlaue, selbstständige Erwachsene geworden", sagte Christine.

„Danke", sagte Eva, und ihr Mann sagte: „Na ja", und ich machte den nächsten Fehler, ich lachte auf.

„Ich weiß, es ist nicht das, was ihr euch für den Urlaub vorgestellt habt", sagte Christine, nachdem sie einmal durchgeschnauft hatte, „und dass es unangenehm ist, wenn ein Kind in der Nacht schreit. Aber Konstantin geht es gut, wir können auch über andere Themen reden." Dann wurde es ruhig. Ich hätte gern unverkrampft ein neues Gespräch gestartet, aber ich wusste nicht, wie.

„Du hast recht", sagte Judith nach einigen Momenten zu Christine. „Was habt ihr denn alle in den Herbstferien vor?"

„Aber ist der Konstantin vielleicht irgendwie traumatisiert?", fragte Eva, denn natürlich konnte sie nicht das Thema wechseln, obwohl Christine doch offensichtlich darum gebeten hatte. Das Thema wurde erst gewechselt, wenn es für die Bründlmayers abgeschlossen war, und wenn es für Eva noch nicht abgeschlossen war, dann hatten die anderen Pech gehabt.

„Der Max und die Lea hatten auch einmal Probleme mit Albträumen, aber da sind wir gerade umgezogen." Dann schaute sie zu Judith und zu mir: „Und bei der Klara war es ja, nachdem ihr Großvater gestorben ist."

Ich wollte nicht meine Familiengeschichte aufrollen und vor allem wollte ich nicht über Klara sprechen, aber ich nickte trotzdem, denn was Eva sagte, war ja nicht ganz falsch.

Paul Bründlmayer schüttelte den Kopf, als könnte er einfach nicht glauben, dass Menschen, vor allem Ältere, wirklich starben. „Furchtbar."

„Umziehen ist kein Trauma", sagte Christine, „und der Tod der Großeltern ist im Normalfall auch kein Trauma. Es ist traurig, ja, es ist schwierig für die Angehörigen und es braucht Zeit, es zu akzeptieren. Aber wenn die Großeltern sterben, werden Kinder nicht traumatisiert, außer sie sterben vielleicht vor ihren Augen oder an einer Gewalttat."

„Ja, aber es sind jedenfalls unangenehme Dinge passiert, bevor die Kinder so reagiert haben", sagte Eva, „es ist ja egal, wie wir das nennen."

„Nein, das ist überhaupt nicht egal", sagte Christine. „Ein Trauma ist ein schwer belastendes und verletzendes Ereignis, das von der betreffenden Person nicht bewältigt und verarbeitet werden kann. Es ist oft das Resultat von physischer und psychischer Gewalteinwirkung, und nein, von einem großen Haus in ein noch größeres Haus umzuziehen zählt da sicher nicht dazu."

„Es war aber echt schwierig für den Max", sagte Paul Bründlmayer, „ich meine, seine ganzen Freunde waren plötzlich woanders."

„Ja, natürlich war es schwierig für ihn. Ich sage ja nicht, dass es für ihn lustig war. Aber er ist nicht traumatisiert. Opfer von Gewalt oder Kriegsflüchtlinge sind traumatisiert!"

„Du meinst die Leute, die herumrennen und Rehe massakrieren? Und ich soll jetzt dafür auch noch Verständnis haben?"

„Nein, dafür sollst du kein Verständnis haben. Aber du könntest die traumatischen Erfahrungen anderer Menschen zumindest anerkennen."

Eva schnaubte verächtlich auf.

„Und du machst das natürlich."

„Ja. Jeden Tag im Krankenhaus."

„Und du glaubst jede einzelne Geschichte? Jedes Detail? Bitte sei nicht so naiv. Kein Wunder, dass du jetzt so aufgewühlt bist."

Christine schaute Eva mit kaltem Zorn an.

„Ich bilde mir die Erwachsenen, die nachts einnässen, die Narben, die Brandwunden, die Folterspuren nur ein?"

Ich mochte nicht mehr. Ich wusste nicht, wo dieser Streit hinführen sollte oder konnte, und stand auf, als müsste ich auf die Toilette. Stattdessen entriegelte ich die Tür und trat hinaus ins Freie. Es war stockdunkel, der Himmel war bedeckt, weder Sterne noch Mond waren zu sehen, nur die Lampe direkt über der Tür und das zwischen den Jalousien herausschimmernde Licht erhellten einen schmalen Bereich vor dem Haus. Ich ging auf den Wald zu und sah immer weniger. Ich hatte das Gefühl, von der Nacht verschlungen zu werden, und das genoss ich sehr. Ich hatte nie Fantasien vom eigenen Begräbnis gehabt oder davon, zu sterben, so wie ich es schon oft von anderen gehört hatte, aber der Gedanke des Verschwindens hatte mir immer gefallen und mich auch beruhigt. Egal was passierte, verschwinden ging immer.

Am Waldrand ließ ich mich auf einem quer liegenden, feuchten Baumstamm nieder. Ich schaute nach oben, zu den Baumkronen, und fragte mich, was gerade mit unseren Kindern los war. Ich hoffte, dass Konstantin diese Nacht nichts Schlimmes träumen würde. Ich blieb noch ein paar Momente sitzen, atmete die frische Luft ein, dann machte ich mich auf den Weg zurück, niemand sollte sich um mich Sorgen machen.

Eva lehnte an der Wand neben der Eingangstür und rauchte. Sie hatte mich weder kommen sehen noch kommen hören und zuckte heftig zusammen, ein Schaudern lief durch ihren ganzen Körper, dabei versteckte sie reflexartig die Zigarette hinter dem Rücken. Ich sagte, ich würde nichts verraten, Eva zuckte mit den Schultern.

„Ich habe eh schon ausgeschissen." Sie nahm noch einen tiefen Zug, drehte ihren Kopf weg von mir und atmete den Rauch aus. „Sie lassen sich aber auch so leicht provozieren. Und das ist schon auch lustig." Eva schaute mich wieder direkt an. „Nur du lässt dich nicht provozieren."

„Ja, ich ruhe in mir", sagte ich.

Eva lachte. Ich brachte Menschen gerne zum Lachen, aber sie lachte fast zu begeistert.

„Ja, oder du bist ein Opportunist und ein Feigling noch dazu", sagte sie und jetzt lachte sie nicht mehr, sondern musterte mich ernst.

Ich war bestimmt nicht der mutigste Mann der Welt, aber ein Feigling war ich auch nicht. Das wollte ich nicht auf mir sitzen lassen, bloß fiel mir keine Antwort ein, ich wurde zappelig, und als ich sah, dass Eva wieder auflachen wollte, beugte ich mich nach vorn und küsste sie auf den Mund. Sie wich zurück, aber nicht heftig.

„Na?", fragte ich dann.

Eva warf ihre Zigarette mit großer Bestimmtheit auf den Boden, trat sie aus, dann erwiderte sie meinen Kuss. Ein paar Sekunden später spürte ich ihre Hand zwischen meinen Beinen. Wir küssten uns weiter und begrapschten uns dabei unbeholfen, als wären wir bei unserem ersten Schulskikurs, bis das Licht im Stiegenhaus aufgedreht wurde.

Eva putzte sich ab, als hätte sie sich im Staub gewälzt, dann sagte sie: „Geh du zuerst."

Das machte ich auch. Ich wusste nicht, ob das, was passiert war, als echter Betrug galt, und ich wusste auch nicht, was ich sagen sollte, als ich den Aufenthaltsraum betrat. Also sagte ich nichts, und niemand fragte mich, wo ich gewesen war. Ein paar Minuten nach mir kam auch Eva zurück.

„Warst du rauchen?", fragte Paul Bründlmayer vorwurfsvoll. Eva schaute mich an und sagte: „Na und?"

4. JULI

In der Morgendämmerung hatte ich einen Fuß meiner Tochter im Gesicht, und der Kopf meines Sohnes drückte das Blut in meinem linken Unterarm ab. Ich fasste den Entschluss, mit der Familie nach dem Frühstück abzufahren. Ich war mir sicher, Judith wäre sofort einverstanden. So konnte es nicht weitergehen. Wir mussten das bei Elias in den Griff bekommen und wir mussten Klara beschützen. Sie sollte das alles nicht noch einmal durchmachen müssen.

Kurz nach meinem Ausflug ins Freie und meinem Aufeinandertreffen mit Eva gestern Abend war unsere Diskussion von spitzen Schreien und heftigem Ausschlagen der blauen LEDs der Babyfons jäh unterbrochen worden. Der sich anbahnende Streit der Bründlmayers war damit vom Tisch, diesmal schrie definitiv mehr als ein Kind. Und jetzt wusste ich auch zumindest wieder, wie ich mich zu verhalten hatte, nämlich als besorgter Vater. Ich sprang auf und lief nach oben.

Zuerst sah ich Konstantin, der aufrecht im Schlafsack da saß und mit offenen Augen brüllte. Und dann merkte ich, dass Elias, der auf dem Matratzenlager neben Konstantin lag, sich hin und her wälzte und ebenso aus Leibeskräften schrie, aber tiefer und abgehackter. Ich packte meinen Sohn und hob ihn hoch, aber er schien das gar nicht zu bemerken, er schrie weiter. Ich erinnerte mich an Klara, an die Tage und Nächte voller Erschöpfung und Angst, an die Arztbesuche und die Schlaflabors, ich wollte das nicht alles noch einmal durchmachen und ich konnte das alles nicht noch einmal durchmachen, aber jetzt umklammerte ich meinen Erstgeborenen, der ganz verschwitzt und zerknautscht vor Aufregung war, als wäre er wieder ein Jahr alt, ich drückte Elias so fest an mich, wie ich konnte, aber er hörte nicht auf zu brüllen. Und dann setzte auch noch Lea an, ihr Schrei erstickte jedoch in ihrem weit aufgerissenen Mund, sie war durch unser Auftauchen und das eingeschaltete Licht wohl gerade noch rechtzeitig aufgewacht.

Bald waren wir alle im Matratzenlager versammelt. Klara, Lea und Max schauten verstört auf Konstantin und Elias, die abwechselnd von ihrer Mutter und ihrem Vater umarmt wurden und sich trotzdem nicht beruhigen konnten, und bald war klar, dass es sich bei dem, was hier geschah, was auch immer das war, um kein kurzes Auflodern handelte, das würde sich länger hinziehen.

Eva und Paul Bründlmayer führten ihre Kinder als Erste und rasch aus dem Matratzenlager zu ihrem Zimmer. Sie bereuten wahrscheinlich mittlerweile ihre Idee des gemeinsamen Urlaubs.

Ich übergab Elias an Judith, ich wusste nicht mehr weiter. Dann nahm ich Klara, die Tränen in den Augen hatte, an der Hand, ging mit ihr Richtung Tür und blieb dort unschlüssig stehen. Judith legte Elias wieder auf der Matratze ab, weil er auch in ihren Armen nicht zur Ruhe kam.

Sebastian warf sich den zappelnden und schreienden Konstantin wie einen Sack über die Schultern, Judith und ich blieben mit unseren Kindern alleine zurück.

„Dann gehen wir halt auch in unser Zimmer", sagte Judith matt. Im großen Bett, zwischen Judith und mir, beruhigte Elias sich glücklicherweise schnell, und bald waren er, Klara und Judith wieder eingeschlafen. Nur ich lag wach. Ich hatte noch immer Konstantins höhnisches Lachen vom Vortag auf dem Balkon im Ohr und dazu Bilder aus meinem eigenen Albtraum im Kopf.

Es muss jetzt sein. Ich versuche zu beschreiben, was ich vor dem Urlaub geträumt habe, auch wenn ich weiß, dass ich damit den Traum noch mehr festhalte, aber mittlerweile ist das schon egal. So habe ich ihn in Erinnerung: Ich hockte zusammengekauert in einer Ecke auf unserem Balkon zuhause und wusste noch nicht, dass es sich um einen Traum handelte. Die Kälte kroch über meine nackten Füße in mich hinein. Der Wind blies durch den dünnen, beigen Pyjamastoff, an meinem ganzen Körper standen die Härchen aufrecht. Ich zitterte. Durch die eine Balkontür erkannte ich im Schlafzimmer bloß die Umrisse unseres Bettes. Durch die zweite Balkontür sah ich ins Kinderzimmer und ich war mir sicher, dass sich darin etwas bewegte.

Die Scheiben der beiden Balkontüren begannen zu beben. Sie wanden und verrenkten sich im Türrahmen. Der sich darin spiegelnde Vollmond wurde zu einem länglichen Oval zusammengepresst, um sich dann wieder zurück in die ursprüngliche Form zu zittern. Es war, als würde jemand von innen immer weiter und immer fester gegen die Scheiben schlagen. Ich wunderte mich, dass die im Rahmen flatternden Scheiben nicht zerbarsten und sich in einem Splitterregen über den verfliesten Boden des Balkons verteilten.

Da hörte ich das erste Vogelzwitschern. Ein einzelnes Zirpen, dann einen Pfiff, dann zwei, dann drei. Ich traute mich ein wenig aus meiner Kauerstellung und lugte über das Geländer. Am Horizont, hinter den gleichförmigen Häusern und Gärten, hinter den unbefahrenen Straßen und vollen Parkplätzen, kündigte sich das Morgengrauen an. Es war still. In diesem Moment hatte ich verstanden, es war bloß ein Traum, der Traum würde gleich vorbei sein, und obwohl alles ruhig und friedlich war, die Scheiben langsam zu beben aufhörten, wusste ich, etwas würde kommen, etwas würde uns überrollen, ich wusste, die erste Attacke stand kurz bevor.

Während die anderen noch schliefen, zog ich mir möglichst leise eine Jogginghose und Socken an. Ich trat auf den Gang hinaus und fragte mich, ob die Hütte vielleicht das Problem war. Der knarzende Boden, die dunklen Ecken, die Kreuze an den Wänden, die Spuren von Hunderten Menschen, die hier einmal übernachtet hatten, die ungewohnten nächtlichen Geräusche aus dem Wald, vielleicht war das für unsere Kinder nicht entspannend und entschleunigend, sondern bloß aufreibend, weil so ungewohnt.

Aber Klara und ich hatten den Traum zuhause gehabt. Und ich war mir immer sicherer, dass es der gleiche gewesen sein musste, den die Kinder hier geträumt hatten.

Als ich die Stiegen hinunterging, sah ich vom Fenster aus, wie die gesamte Familie Bründlmayer nebeneinander im Hof Kniebeugen machte. Die Funktionskleidung schimmerte in den ersten Strahlen der Morgensonne, während Eva und Paul Bründlmayer ihre Kinder anspornten. Lea und Max wirkten der Uhrzeit entsprechend lustlos und abgeschlagen, gingen aber weiter in die Hocke und drückten sich dann wieder nach oben.

Nachdem alle aufgestanden waren, setzten wir Erwachsenen uns zusammen, um die weitere Vorgangsweise zu besprechen. Die Kinder saßen am Nebentisch, wir trauten uns nicht mehr, sie unbeaufsichtigt nach draußen zu lassen.

Wir rekapitulierten: Konstantin und Elias hatten Albträume gehabt. Die Bründlmayers behaupteten, dass sich bei ihren Kindern nichts tat, aber sie wirkten nicht sehr glaubwürdig dabei, und ich hatte gestern ja Leas Ansätze dazu mit eigenen Augen gesehen, und in der Nacht hatte ich, als ich einmal aufs WC musste, leise, aber doch ein Wimmern von Max vernommen.

Während des Gesprächs konnte ich Eva nicht in die Augen schauen und Christine auch nicht, als wüsste sie etwas von mir und Eva, was mich seltsamerweise mehr beschäftigte als die Frage, ob Judith etwas ahnte.

Wir waren uns schnell einig. Wir mussten den gemeinsamen Urlaub abbrechen. Es war zwar schade, und wir würden nicht einmal Zeit haben, die am Vortag aufgekommenen Wogen wieder vollständig zu glätten, aber es war die einzig sinnvolle Entscheidung.

Die Kinder erhoben sich zeitgleich mit uns. Zu unserer großen Verwunderung begannen sie, sich gegenseitig in den Schritt zu fassen. Nachdem ich sie ein paar Sekunden wie starr bei ihrer Grapscherei beobachtet hatte, zerrte ich Elias von Lea weg, währenddessen ließ Konstantin von Max und Klara ab.

„Was ist das schon wieder?", schrie ich, die Hand noch immer am Kragen meines Sohnes.

„Ein Spiel", antwortete Elias.

„Ihr macht das auch", sagte Konstantin.

Ich lachte auf, das wurde ja immer besser.

„Was heißt da, wir machen das auch?", fragte Sebastian empört. „Wir machen das überhaupt nicht." Es klang, als müsste er sich verteidigten.

„Ich habe dich gesehen", sagte Konstantin und dann zeigte er auf mich. Ich schluckte. Und dann zeigte er auf Eva. Und dann auf Paul. Und dann auf Judith. Und dann auf Sebastian. Und dann auf Christine. „Ich habe euch alle gesehen", sagte er.

Ich fühlte mich sofort schuldig. Die anderen schauten zu meiner Überraschung auch alle betroffen drein. Eva warf mir einen Blick zu, dann sagte sie: „Die Spiele werden immer unlustiger. Gut, dass der Urlaub bald zu Ende ist."

Die Kinder zeigten keine Reaktion, sondern nahmen die Information stoisch auf.

Als Judith und ich unsere Tasche und den Trolley zum Auto tragen wollten, saßen die Bründlmayers im Aufenthaltsraum und tranken Kaffee, anstatt wie üblich Tempo zu machen. Judith war ebenso überrascht wie ich.

„Wir haben es uns anders überlegt", sagte Eva, dabei schaute sie von ihrem E-Book-Reader auf.

„Was habt ihr euch anders überlegt?", fragte Judith.

„Wir bleiben da", sagte Paul Bründlmayer.

Judith war irritiert. „Soll ich jetzt wieder auspacken, oder wie?", fragte sie.

„Nein, wir haben uns gedacht: Wenn ihr und die Riedls fahrt, dann können wir noch ein paar Tage bleiben", sagte Eva trocken. „Es tut den Kindern sicher gut."

„Ja, deswegen sind wir ja hergekommen", sagte Judith.

„Na ja, aber Max und Lea kommen halt besser mit der Situation zurecht", sagte Paul Bründlmayer.

„Das ist einfach ein Fakt", setzte Eva nach.

Ich schüttelte ungläubig den Kopf und lachte höhnisch auf, ich konnte nicht anders. Ich wollte mich nicht streiten, aber das war eine Frechheit. Wortlos verließ ich den Aufenthaltsraum.

Ich versuchte das Auto wie gewohnt per Kontakt mit der Klinke zu entsperren, aber es funktionierte nicht, der Kofferraum öffnete sich nicht. Also stellte ich das Gepäck ab und suchte den Autoschlüssel. Er war nirgends zu finden, in keiner meiner Hosen- oder Jackentaschen und auch nicht in meinem Rucksack. Ich wurde immer genervter und wühlte mich durch meine Schmutzwäsche in der Tasche, obwohl ich wusste, dass ich den Schlüssel dort nicht finden würde.

Also rief ich nach Judith. Sie war sich sicher, dass ich den Schlüssel haben musste, schließlich war ich gefahren. Trotzdem durchsuchte auch sie noch einmal alles und kramte sich durch jede Seitentasche, aber sie fand den Schlüssel nicht. Sie wollte daraufhin in unserem Zimmer nachschauen, ich im Aufenthaltsraum.

„Ah, seid ihr noch da?", sagte Paul Bründlmayer zu mir, als ich zurück in die Hütte kam. Ich reagierte nicht darauf, sondern kniete mich auf den Boden und suchte mit der Lampe meines Smartphones die dunklen Ecken unter der Sitzbank nach dem Schlüssel ab. Bald halfen mir dann auch die Bründlmayers bei der Suche, und ich bildete mir ein, so etwas wie ein schlechtes Gewissen in ihren Gesichtern zu bemerken.

Als ich mich erhob und mir den Staub von den Knien putzte, sah ich, dass die Riedls vor ihrem Auto ebenfalls im Gepäck kramten. Sie fanden ihren Schlüssel auch nicht.

Den Aufenthaltsraum brauchten sie sich nicht mehr vorzunehmen, da hatten Judith, die Bründlmayers und ich mittlerweile jeden Zentimeter abgesucht.

„Ich habe mir zuerst gedacht, ich habe den Schlüssel vielleicht irgendwo im Wald verloren", sagte Sebastian. Dann schaute er zu mir. „Aber dass uns das beiden passiert ist? Das wäre schon ein großer Zufall."

„Findet ihr euren Schlüssel?", fragte ich Paul Bründlmayer.

„Wir fahren nicht", sagte er.

„Das haben wir schon verstanden", sagte Sebastian.

Paul Bründlmayer atmete genervt aus. „Ich weiß, für euch wirkt das jetzt so, als wären wir die Bösen, aber wir haben die Hütte halt auch organisiert."

„Schau bitte einfach nach, ob du deinen Schlüssel findest. Du kannst uns dann ja dein Auto borgen, damit du uns schneller los bist."

Paul Bründlmayer überging Sebastians Spitze, erhob sich, ging zu seiner Outdoor-Jacke, holte selbstsicher die Geldtasche hervor, zeigte sie wie zum Beweis hoch, dann griff er in die andere Tasche, stockte, und dann begannen auch die Bründlmayers zu kramen und zu suchen.

„Das gibt es doch nicht", sagten sie.

Wir riefen die Kinder im Aufenthaltsraum zusammen und bald standen wir uns gegenüber wie gegnerische Mannschaften. Wir fragten nach den Autoschlüsseln, wir bekamen keine Antwort.

„Wir wissen, es gefällt euch nicht, dass wir heimfahren wollen", sagte ich.

Die Kinder antworteten der Reihe nach, koordiniert und wie auswendig gelernt: „Warum sagst du das?", fragte Konstantin und tat verwundert. „Ich bin gerne zuhause", sagte Lea. „Wir treffen uns eh sicher bald wieder", sagte Elias, und dann schauten sie uns an.

„Wir machen das nur zu eurem Besten. Ihr merkt ja selbst, wie euch die Nächte mitnehmen", sagte Judith.

„Wir brauchen die Schlüssel bitte zurück", sagte Christine, „wir sind euch auch nicht böse deswegen. Wir kümmern uns später um alles, aber zuerst müssen wir einmal nachhause fahren."

Dass seine Mutter sich so äußerte, schien Konstantin ein wenig aus der Ruhe zu bringen. Seine Gesichtszüge wurden weicher, er stieg von einem Bein auf das andere, so als wäre er kurz davor, etwas zuzugeben, was er bisher schlecht, aber doch zu verheimlichen geschafft hatte.

Aber dann wurde Paul Bründlmayer ungeduldig. „Jetzt gebt endlich die Schlüssel her!", schrie er. „Was, wenn was passiert, verdammt? Was, wenn sich wer von euch verletzt und wir nicht ins Krankenhaus fahren können? Denkt ihr überhaupt nach, was ihr in den letzten Tagen für einen Scheiß gebaut habt?" Konstantin lächelte ihn an, als wäre er ihm für seinen Wutanfall dankbar. Seine Unsicherheit verschwand sofort wieder, er schaute nach links zu Lea und Max, nach rechts zu Elias und Klara, dann drehte er sich um und lief Richtung Ausgang, während die anderen vier Kinder eine Art Mauer zum Schutz vor uns Erwachsenen bildeten. Im Türstock stoppte Konstantin kurz ab und hielt triumphierend die rechte Faust in die Höhe, in der er etwas Schwarzes festhielt. Gleich darauf hörten wir, wie die Türen der Autos vor dem Haus entsperrt wurden, und Konstantin rannte nach draußen. Paul Bründlmayer, noch immer wütend, lief als Erster hinter Konstantin her, gefolgt von Christine und mir.

Konstantin rannte lachend in Zick-Zack-Linien um den Lagerfeuerplatz herum. Er machte das sehr geschickt, und mir ging bald die Luft aus. Ich blieb stehen und atmete angestrengt ein und aus. Paul Bründlmayer, der viel sportlicher war als ich, erwischte Konstantin. Er hielt den Neunjährigen von hinten umklammert. Ich lief die paar Schritte zu ihnen hin, fest entschlossen, ihm die Schlüssel abzunehmen und endlich nachhause zu fahren. Aber Konstantin trat um sich und zappelte wie wild. Ich versuchte seine Arme festzuhalten, aber Konstantin trat und zappelte weiter, er traf mich mit dem Fuß am Schienbein und dann ohrfeigte ich ihn. Er ließ die drei schwarzen Spielfiguren, die er in der Hand gehalten hatte, zu Boden fallen und begann zu weinen. Ich konnte nicht glauben, was ich gerade getan hatte und dass Konstantin gar nicht die Schlüssel gehabt hatte. Christine kam angerannt und umarmte Konstantin, um ihn zu trösten, und ich murmelte eine Entschuldigung. Christine unterbrach mich, sie sagte, ich solle einfach verschwinden, dann wendete sie sich wieder ihrem wimmernden Sohn zu.

Ich fühlte mich erbärmlich. Ich hasste es, wenn ich so auszuckte, aber bis jetzt hatte ich zumindest noch nie ein Kind geschlagen. Da ich niemanden sehen wollte, und mich auch niemand sehen wollte, und da ich nun sowieso schon von allen verachtet wurde, machte ich das, was ich längst hätte machen sollen. Den Schlüssel für den versperrten Trolley hatte ich vorsorglich immer bei mir getragen, also holte ich ihn hervor, öffnete den Trolley und entnahm ihm das Tablet inklusive der Traumtagebücher, außerdem die Smartphones der Kinder.

Auf den Smartphones fand ich nichts, was ich nicht genau so vermutet hätte. Chatverläufe, in denen der Schulalltag thematisiert wurde, außerdem Playlists mit Minecraft-Youtubern und allerlei Ratgebervideos, von der Fahrradreparatur bis zur Mathematiknachhilfe, aber keine Hinweise auf besonders gewalttätige oder pornografische Inhalte, auch Drogen schienen kein Thema zu sein. In dem Alter wäre das auch ungewöhnlich, aber sicher ist sicher.

Dann überwand ich mich und hörte mir mit schlechtem Gewissen Klaras und Elias diktierte Träume an:

Fußball spielen mit Alma und Lucia. Plötzlich ein Gewitter. Wir springen in die Lacken und sind voller Matsch. Mama schimpft.

Papa hat ein neues Auto. Es parkt in einer Tiefgarage. Ich bin aufgeregt, es ist rosa und auf der Seite steht „Manner", wie bei den Schnitten. Ich musste lachen.

Meine Lehrerin fragt mich, wo meine Aufgabe ist, ich suche sie überall, in meiner Schultasche, in meinem Fach, aber ich finde sie nicht, dabei bin ich mir sicher, dass ich sie gemacht habe.

Auch die Träume waren nicht ergiebig. Erst jetzt kam mir die Vermutung, auch meine Kinder könnten mir etwas verschweigen, so wie die anderen Erwachsenen vermutlich einfach nichts von ihren Albträumen erzählten, weil sie sich schämten, damit aber gleichzeitig verhinderten, dass wir ihnen helfen konnten. Ich hatte die immer harmloser werdenden Traumprotokolle naiv als Zeichen der Besserung gedeutet. Ich hatte mich gefreut, dass Judiths und meine Anstrengungen endlich fruchteten und vor allem Klara nicht mehr nachts terrorisiert wurde. Konnte es sein, dass sie diese harmlosen Träume vielleicht sogar nur erfunden hatten, um uns zu täuschen?

Während ich ohne Erfolg Nachforschungen über meine Kinder anstellte, suchten Eva, Sebastian und Paul Bründlmayer zuerst das Haus und dann den umliegenden Wald nach den Autoschlüsseln ab, da die Kinder sich weigerten, uns zu sagen, wo sie diese versteckt hatten.

Paul Bründlmayer hatte seine Kinder, ohne viel zu diskutieren, in ihr Schlafzimmer gesperrt. Christine war mit Konstantin in den Keller zum Wuzzler gegangen, um ihn nach meiner Ohrfeige abzulenken. Und Judith saß mit Klara und Elias am Esstisch und bearbeitete sie, um irgendetwas zu erfahren. Aber weder die Suche noch das weitere Verhör waren wohl bisher erfolgreich gewesen, sonst hätte ich das längst mitbekommen.

Wir versammelten uns alle wieder im Aufenthaltsraum. Es gab einiges zu besprechen, aber als Erstes mussten wir die Autoschlüssel wiederbekommen. Die Kinder behaupteten beharrlich, keine Ahnung zu haben, wo sich diese befänden. Ich glaubte ihnen nicht, ich hatte ja ganz genau gehört, wie sie zuvor die Türen entsperrt hatten, aber Christine schlug sich auf die Seite der Kinder. Sie meinte, wir dürften nicht alles in Zweifel ziehen. Wir hätten die Kinder schon lange genug in die Mangel genommen. Wenn sie die Schlüssel hätten, würden sie sie ja wohl spätestens jetzt herausrücken.

„Ja, und wie haben sie die Türen der Autos entsperrt?", fragte ich, selbst überrascht über meinen aufbrausenden Tonfall.

„Wir haben überhaupt keine Türen entsperrt", sagte Elias, „sonst wären sie jetzt offen, oder?"

Ich war mir in diesem Moment nicht sicher, ob ich auch gehört hatte, dass die Kinder die Autos wieder verriegelt hatten, denn sie waren definitiv abgeschlossen, aber mittlerweile traute ich meiner Wahrnehmung sowieso kaum mehr. Aber Paul Bründlmayer bestätigte, dass er das Aufsperrgeräusch ebenso gehört hatte.

„Das bildet ihr euch nur ein", sagte mein Sohn.

Ich biss mir auf die Lippen. „Ihr gehört ja alle in die Psychiatrie", sagte dann Paul Bründlmayer zu den Kindern.

„Bitte, du hast keine Ahnung von Psychiatrie", sagte Christine.

„Oder in so ein Camp für Schwererziehbare", sagte Judith.

„Da kann dein Mann gleich mit", sagte Sebastian zu Judith.

„Noch einmal, es tut mir leid", sagte ich, dabei schaute ich zuerst zu Sebastian, nickte Christine zu und abschließend auch Konstantin, der sich gut erholt zu haben schien. „Sollen wir Taxis rufen und zum nächsten Bahnhof fahren?", schlug ich dann vor. „Und ich komme mit Paul und Sebastian morgen zurück, mit den Autoersatzschlüsseln?" Das Wichtigste war schließlich, dass wir von hier wegkamen.

„Und die Frauen lassen wir alleine da mit den Kindern, oder wie?", fragte Sebastian.

„Hast du eine bessere Idee?"

Sebastian schaute mich an. Ja, er hatte eine bessere Idee.

Sebastian stand mir gegenüber. Er zögerte und ich wurde ungeduldig. Wenn er mich schlagen wollte, sollte er mich schlagen. Er zögerte es aber sichtlich nicht heraus, um mich auf die Folter zu spannen, sondern weil er zweifelte. Er rümpfte die Nase, schleckte sich immer wieder über die Unterlippe und strich sich nicht existente Haare aus der Stirn.

Er wollte mir eine Ohrfeige geben, so wie ich seinem Sohn eine Ohrfeige gegeben hatte. Christine hatte das für einen Scherz gehalten, als ihr Mann diese Idee geäußert hatte, bis sie verstand, dass er es ernst meinte. Ob er jetzt auch völlig durchdrehe, fragte sie ihn. Nein, er wolle das nur möglichst schnell aus der Welt schaffen, und er wisse nicht, wie er das machen solle, wenn er mir nicht eine Ohrfeige gebe.

Die Kinder waren begeistert und wollten zusehen, aber Christine und Judith gingen mit ihnen unter allerlei Beschwerden nach draußen vor das Haus. Christine erklärte dabei Judith, nur, weil sie das jetzt blöd finde, werde sie sich nicht mit Judith verbünden, denn ich hätte schließlich ihr Kind geschlagen. Judith antwortete nicht, wirkte aber genervt.

„Du musst das nicht machen", sagte ich.

„Versuch nicht, dich rauszureden!", sagte Sebastian, der seine aggressive Energie wiederzufinden schien. Er machte sich bereit, als hätte er gleich einen Aufschlag beim Tennis zu retournieren, er ging in die Knie, er rieb sich die Hände, aber er ohrfeigte mich nicht.

Auch Paul Bründlmayer, der gemeinsam mit Eva zusah, um die Ohrfeige zu bezeugen, wurde ungeduldig.

„Schlag endlich zu!", sagte er.

„Ja, ja, ja!", rief Sebastian und schlug nicht zu.

Ich stand ihm seit bestimmt zwei Minuten abwartend gegenüber, und es wurde immer lächerlicher.

„So, was ist jetzt?", fragte ich.

Sebastian schaute mir erstmals direkt in die Augen, rieb sich abermals die Hände, holte aus, ließ die Hand wieder sinken und trat mir dann mit einem lauten Aufschrei direkt gegen das rechte Schienbein.

Darauf war ich überhaupt nicht vorbereitet gewesen. Ich sank jaulend und wie in Zeitlupe zu Boden. Ich konnte nicht anders, als Sebastian mit schmerzverzerrtem Gesicht zu beschimpfen.

„Du dummes Arschloch! Du Wichser!"

So zusammengekrümmt machte ich wohl keine bedrohliche Figur, denn anstatt mit meinen Beschimpfungen das Aggressionslevel noch einmal ansteigen zu lassen, begannen die Bründlmayers zu lachen, und bald setzte Sebastian mit ein. Ich akzeptierte, dass ich lächerlich wirken musste, das hatte sich Sebastian auch verdient, und ich wartete, bis der Schmerz aus meinem Bein verschwunden war.

Ich stand unsicher auf, spürte beim ersten Auftreten ein leichtes Ziehen im Schienbein, nannte Sebastian ein weiteres Mal, und diesmal grinsend, ein Arschloch, dann holte ich aus dem Kühlschrank drei Bier. Eines drückte ich ihm in die Hand, ein zweites Paul Bründlmayer. Erst da merkte ich, dass ich Eva vergessen hatte. Unentschlossen hielt ich ihr mein Bier hin. „Magst du auch eines?", fragte ich.

Sie nickte und sagte: „Ich verstehe schon", dann ließ sie uns alleine.

Christine machte einen Vorschlag. Sie wollte mit den Kindern sprechen. Einzeln. Wir stimmten zu, da uns nichts Besseres einfiel. Während ein Kind nach dem anderen bei Christine im Schlafzimmer verschwand, spielten wir im Aufenthaltsraum „Mühle".

Ich hatte die ganze Zeit gehofft, dass die Kinder sich miteinander beschäftigen würden, und jetzt spielten wir Erwachsenen bei Sonnenschein mit ihnen ein langweiliges Brettspiel, damit sie sich eben gerade nicht miteinander beschäftigten. Und wir Erwachsenen konnten uns auch nicht darüber unterhalten, was wir nun tun sollten, denn dazu müssten die Kinder entweder in einem anderen Raum sein oder schlafen, und diese beiden Dinge wollten wir im Moment ja auf jeden Fall vermeiden. Ich erinnerte mich an die Unwetterwarnung, von der ich zuvor am Tablet gelesen hatte. Schwere Gewitter mit Starkregen und möglicherweise Hagel waren angekündigt. Wenn die Prognose stimmte, musste ich mich zumindest nicht mehr ärgern, bei bestem Wanderwetter drinnen zu sitzen. Andererseits verhinderte das angekündigte Gewitter meinen geplanten Aufbruch zum Bahnhof im Tal, ich wollte mich nicht unnötig in Gefahr begeben.

Christine kam endlich mit Elias in den Aufenthaltsraum zurück. Beide wirkten geschlaucht.

„Und, was hast du bis jetzt herausgefunden?", fragte Eva.

„Wenn das funktionieren soll, darf ich euch das nicht weitererzählen."

Eva nickte, aber lieber hätte sie wohl den Kopf geschüttelt.

„Und was sonst noch?"

Wir würden weiter mit den Kindern reden, auf Augenhöhe. Und wir würden weiter für ordentlich Bewegung sorgen, meinte Christine.

„Na, das hat ja bisher super geklappt", sagte Eva.

„Wichtig ist auch eine angenehme, konfliktarme, angstfreie Stimmung", sagte Christine.

Der nächste Streit stand bevor. Um irgendwie dazwischenzugehen, fragte ich sie, ob sie nicht noch mit Konstantin reden müsse.

„Er ist mein Sohn, da bin ich befangen, da funktioniert das nicht. Es würde eine ganz ungute Übertragungsdynamik entstehen."

„Mit deinem Sohn hat das alles angefangen und du redest gar nicht mit ihm?", fragte Eva.

„Was soll das heißen, mit meinem Sohn ‚hat das alles angefangen'?"

„Du weißt, was ich meine."

„Nein, was meinst du?"

„Bitte, das ist doch offensichtlich. Außerdem hat er mit diesen seltsamen Spielen begonnen."

„Es ist ganz klar ein kollektives Problem und unsere Kinder sind bloß Symptomträger", sagte Christine.

„Ja, aber was ist das Problem?"

Da trat Paul Bründlmayer in Sportkleidung zu uns. Er klatschte in die Hände und rief die Kinder zusammen.

„Auf geht's! Ich werde euch nicht nur den Schweiß austreiben", sagte er, dann lachte er, aber meinte es ernst.

Ich setzte mich in einen der Liegestühle vor dem Haus und beobachtete, wie er Spaß daran hatte, die Kinder im Kreis um den Lagerfeuerplatz zu jagen. Seine Ausbildung als Reserveoffizier war eindeutig, er duldete keine Widerrede und kein gespieltes Schwächeln. Er ließ die Kinder zuerst frei laufen, dann ließ er sie Schubkarren fahren. Ich konnte nicht sagen, dass ich dabei ein schlechtes Gewissen hatte. Die Kinder hatten uns gequält, jetzt durfte Paul Bründlmayer sie durchaus auch ein wenig schinden. Außerdem würde sie das so erschöpfen, dass sie einfach gut schlafen mussten, so hoffte ich zumindest.

Nach der dritten Runde Schubkarren raffte Elias seine letzten Kräfte zusammen, um in meine Richtung zu motzen: „Warum darf ich nicht einfach träumen, was ich will? Dieser Scheißurlaub ist viel schlimmer als jeder Scheißalbtraum."

Ich blieb ruhig. „Wenn du nach einem Albtraum nicht mehr stundenlang verzweifelt bist, dann können wir darüber reden. Und jetzt mach Kniebeugen, so wie sie Paul gerade vorzeigt."

Nach dem Training gab es ausnahmsweise Süßigkeiten, für die Glücksgefühle. Ich aß ein paar Stücke Milchschokolade, denn ich hatte jetzt doch ein schlechtes Gewissen. Aus Schinderei war noch nie etwas Gutes entstanden. Ich entschuldigte mich bei Elias und Klara und erklärte ihnen, dass wir doch nur probierten, ihnen zu helfen. Elias nahm die Entschuldigung zu meiner Verwunderung sofort an, Klara kaute bloß weiter an ihrem Nougat-Nuss-Riegel herum.

Später spielte ich mit Elias wie in Trance eine Partie „Mensch ärgere dich nicht" nach der anderen, ich ließ ihn sogar gewinnen, was ich sonst nie tat, und draußen wurde es dunkler und dunkler. In Ermangelung von Unterstellplätzen deckte ich mit Paul Bründlmayer die Autos mit Decken ab, um sie vor Hagelschäden zu schützen. Als ich kurz darauf in der Küche stand, um Käsebrote und einen Tomaten-Paprika-Salat herzurichten, donnerte es das erste Mal. Eine angstfreie Stimmung war so schwer aufrechtzuerhalten.

Wir jausneten unsere Brote, während es zuerst zu blitzen und dann zu schütten begann. Abgesehen von den Geräuschen des Unwetters war es ungewohnt ruhig im Aufenthaltsraum, als wollten wir vermeiden, das Gewitter mit einem unangebrachten oder zu lauten Wort zu provozieren und noch mehr anzustacheln.

Wir saßen beisammen, wie ich mir vorstelle, dass man als Familien beisammensaß, die Konflikte und die Albträume waren unwichtig geworden. Es war warm und trocken und hell, alles funktionierte weiterhin so, wie es sollte.

Wir wollten mit dem Hinlegen abwarten, bis das Gewitter aufhörte, aber es regnete heftig und ausdauernd. Im Tal musste es zu Überschwemmungen kommen, das sagte mir die Erfahrung der letzten Jahre. Natürlich erwähnte ich diesen Gedanken meinen Kindern gegenüber nicht.

Gegen neun regnete es noch immer und die Kinder waren erschöpft. Also machten wir trotz des Gewitters die Entspannungsübungen, wir schüttelten die Angst ab, wir nahmen uns positive Träume vor, dann machten wir uns bettfertig. Die Kinder sollten wieder bei den Eltern schlafen, und diesmal gab es keinerlei Protest oder Beschwerden.

5. JULI

Heute bin ich gegen sieben aufgewacht und war alleine im Zimmer. Ich wunderte mich. Ich fühlte mich ausgeruht und streckte mich. Ich hatte erwartet, dass sich das Gewitter in den Köpfen der Kinder einnisten und uns eine Nacht voller Gebrüll und Gewimmer bescheren würde, aber abgesehen von ein paar sporadischen Ächzern waren Elias und Klara ruhig geblieben. Dafür hatte ich aus dem neben uns gelegenen Zimmer der Bründlmayers mehrmals Aufschreie vernommen.

Ich öffnete die Tür zum Gang. Ich hörte nichts und sah niemanden. Ich schloss die Tür wieder, legte mich zurück ins Bett und nutzte die Gelegenheit, um zu masturbieren. Ich dachte dabei sofort an Eva. Ich vertrieb die Vorstellung an sie durch Erinnerungen an zwei Ex-Freundinnen und an Hollywood-Schauspielerinnen, was nicht funktionierte. Also dachte ich weiter an Eva und kam schnell. Ich wischte mich mit einem Papiertaschentuch ab, scrollte ein wenig auf meinem Smartphone herum, dann stand ich auf und öffnete das Fenster.

Draußen war es grau und drückend schwül. Das Gewitter hatte eine Spur der Verwüstung hinterlassen. Es hatte mehrere Bäume geknickt oder umgeworfen, einer davon lag direkt in der Spitzkehre der Zufahrt und blockierte den Weg. Der Hagel hatte Farbe an den Fensterrahmen abgesplittert, und die alten Fensterläden hatten kleine Löcher, als hätte jemand mit Schrot darauf geschossen. Zwischen abgerissenen Ästen und zusammengematschtem Laub lagen zwei tote Vögel, vermutlich Spatzen, vom Wind aus der Bahn geworfen oder im

Fluchtreflex gegen eine der Hausmauern gekracht. Auf dem Asphalt der Zufahrt sah man die Spuren, die der Schlamm in der Nacht genommen hatte. Ich vermutete, dass wir Wasser im Keller haben mussten, und hoffte, dass es die Fensterscheiben des Hauses und unsere Autos alle heil überstanden hatten.

Im Aufenthaltsraum saß Judith mit den Bründlmayers beim Kaffee. Ich wollte Eva nicht anschauen, aber ich konnte nicht anders. Mit leicht verschlafenem Blick und in morgendlicher Gedämpftheit fand ich sie noch attraktiver.

Ich schenkte mir einen Kaffee ein und sagte, dass ich schon lange nicht mehr so gut geschlafen hatte. Die drei bestätigten das mit einem Nicken.

„Wie schaut der Keller aus?", fragte ich.

„Trocken. Erstaunlicherweise", sagte Paul Bründlmayer.

„Und die Autos?"

„Nicht tragisch, lässt sich alles schnell wieder richten", sagte er, „habe schon mit der Versicherung telefoniert, die übernehmen das."

„Ich habe meinen Schlüssel übrigens noch immer nicht gefunden. Du?"

Paul Bründlmayer verneinte. „Lass uns nach dem Frühstück einen Plan schmieden."

Dann kamen Christine und Sebastian herein, sie im kurzärmligen Pyjama, er in Boxershorts und T-Shirt.

„Habt ihr Konstantin gesehen?", fragte Christine. Sie wirkte nervös.

„Nein", sagte ich, die anderen schüttelten den Kopf.

„Vielleicht ist er bei euren Kindern?", fragte Sebastian.

„Unsere schlafen noch", sagte Paul Bründlmayer. „Wir wollten sie heute einmal nicht zum Sport aufwecken."

„Möglicherweise haben wir es übertrieben", sagte Eva. So viele Zweifel am eigenen Tun hatte sie in der Runde noch selten anklingen lassen.

„Unsere schlafen auch noch", sagte Judith mit vollem Mund, sie hatte gerade von ihrem Honigbrot abgebissen und wohl erwartet, dass ich die Antwort übernehme.

Ich war verwundert. „Unsere Kinder schlafen noch? Wo?"

„Na ja, oben."

„Im Matratzenlager?"

„Nein, in unserem Zimmer."

Die kabellose Reiseüberwachungskamera vor der Tür hatte gestern Abend den Geist aufgegeben, das gesamte Videomaterial war fehlerhaft und nicht abspielbar. Erst jetzt dachte ich daran, dass man darauf eventuell mich und Eva hätte sehen können.

Paul Bründlmayer sagte, als er in der Früh laufen gegangen sei, sei die Tür fest verschlossen gewesen, und er habe hinter sich wieder zugesperrt.

„Sicher?", fragte Christine.

„Ganz sicher", sagte er, „ich habe zweimal kontrolliert." Und bei seiner Rückkehr sei die Tür nach wie vor verschlossen gewesen. Und auch bei seiner Rückkehr habe er abgesperrt. Und auch jetzt war die Tür versperrt. Aber wo waren dann die Kinder?

Wir riefen ihre Namen, wir riefen nach Elias und Klara und Lea und Max und Konstantin. Sie waren weder zu benachrichtigen noch zu orten, ihre Telefone waren noch immer bei uns im Haus. Ich lief ins Matratzenlager, Sebastian in den Keller, Paul Bründlmayer hinters Haus. Eva brüllte die Namen der Kinder, Christine flüsterte etwas und Judith betete.

Wir trafen uns am Lagerfeuerplatz wieder. Die Kinder waren verschwunden. Ich versuchte nicht in Panik auszubrechen, aber ich merkte, dass ich kurz davor war. Niemand wusste, was er sagen sollte. Wir lauschten in die schwüle Hitze, aber wir hörten nichts außer den Aufräumarbeiten nach dem Gewitter.

Ich spielte im Kopf diverse Szenarien durch und gleichzeitig wollte ich an diverse andere Szenarien gar nicht denken. Vielleicht hatten sich die Kinder bei einem morgendlichen, neuartigen Spiel verirrt und sich dann auf dem Rückweg unabsichtlich immer weiter von der Hütte wegbewegt. Vielleicht versteckten sie sich im Wald, auf einem Hochsitz oder hinter einem Holzstapel und beobachteten uns bei unserer kläglichen Suche. Vielleicht waren sie dem Wilderer, den es doch gab, in die Quere gekommen.

Wir teilten uns in Zweierteams auf. Judith und Christine würden beim Haus bleiben. Eva und Paul Bründlmayer würden sich in konzentrischen Kreisen vom Haus entfernen und durch den Wald arbeiten. Und Sebastian und ich würden die Orte abklappern, die wir in den letzten Tagen besucht hatten.

Ich hatte mich vor dem Urlaub sehr auf das Zusammensein mit Sebastian gefreut, aber bis jetzt hatten wir weder Zeit noch Gelegenheit gefunden, uns einmal zu zweit zu unterhalten. Und dann hatte ich seinem Sohn eine runtergehauen.

Ich entschuldigte mich ein weiteres Mal. Zu meiner Überraschung winkte Sebastian ab.

„Ehrlich gesagt war ich auch schon ein paar Mal nah dran in den letzten Tagen", sagte er, um dann hinzuzufügen, dass das natürlich überhaupt nicht bedeutete, es sei auch nur in irgendeiner Form akzeptabel.

Ich stimmte Sebastian zu und begann zaghaft, von meinen Erfahrungen mit Klara und ihren Albträumen zu erzählen. Wie hilflos ich mich gefühlt hatte, weil ich bloß die Kleine beschützen wollte, aber nicht wusste, wie ich sie beschützen konnte, denn das, vor dem ich sie beschützen wollte, war gleichzeitig überall und nirgends. Außerdem stellte ich ihm gegenüber fest, dass ich dieses Gefühl des Beschützens erst mit der Geburt meiner Kinder in mir entdeckt hatte. Zuvor hatte ich es als unnötiges Macho-Gehabe abgetan. Ich erklärte ihm, wie dankbar Judith und ich ihm und vor allem Christine für ihre Unterstützung gewesen seien und dass ich wünschte, ich könnte ihm jetzt etwas Vergleichbares bieten.

Sebastian hörte sehr aufmerksam zu. Er dachte nach. „Er kommt mir wie ausgetauscht vor", sagte er dann. „Das ist eigentlich noch schlimmer als die Machtlosigkeit: Dass ich auf einmal nicht mehr weiß, wer dieses Kind ist."

Im Ortszentrum waren zwei Gemeindebedienstete damit beschäftigt, mit einem kleinen Bagger die ärgsten Spuren des Unwetters zu beseitigen. Sie hatten keine unbeaufsichtigten Kinder beobachtet, die Verkäuferin in der Trafik und im Supermarkt ebenso wenig. Sebastian schnaufte durch, ich schnaufte durch, dann sagte ich: „Fuck, ich hoffe, es geht ihnen gut."

Obwohl ich gar nicht mit Judith unterwegs war, fühlte ich mich ihr gerade sehr nahe. Die Kinder waren unsere gemeinsame Geschichte, und unsere gemeinsame Geschichte schien sich gerade aufzulösen.

Ich fragte Sebastian, ob Christine ihm etwas über die Gespräche mit den Kindern erzählt habe, vielleicht würde sich darin ein Hinweis auf ihren Aufenthaltsort finden. Sebastian verneinte, Christine sei da sehr streng, sie erzähle ihm auch so gut wie nie etwas von ihrer Arbeit und dem Krankenhausalltag.

Wir hörten uns bei den umliegenden Landwirtschaften um. Leider hatte niemand etwas von unseren Kindern mitbekommen. Es waren ja auch alle damit beschäftigt, die Schäden auf ihren Grundstücken zu begutachten, eine Riesenscheiße sei das alles miteinander, hörten wir immer wieder, und auch, dass die Kinder bestimmt bald wieder auftauchen würden. Die würden einfach im Wald spielen, einen Bach aufstauen, auf Bäume klettern, einen Unterschlupf aus Ästen und Moos bauen.

Sebastian und ich besprachen ein weiteres Mal die Möglichkeit, die Polizei zu verständigen, aber wenn man den Informationen in Filmen folgte, konnte die frühestens 24 Stunden nach Verschwinden tätig werden. Ein Anruf bestätigte das. Also beschlossen wir, zu der Jausenstation zu wandern, bei der wir am ersten Nachmittag gewesen waren.

Sebastian hatte wohl wieder Vertrauen zu mir gefasst, denn er begann über Konstantins Träume zu sprechen. Der Albtraum seines Sohnes habe ihn auch aufgewühlt. Also nicht der Inhalt, denn über den könne er nach wie vor nur spekulieren, sondern der entgeisterte Tonfall, in dem Konstantin von dieser Nacht erzählt habe. Sein Sohn sei völlig fassungslos über die Auswüchse seiner eigenen Fantasie gewesen.

Ob er selbst schon einmal so einen intensiven Traum geträumt habe, fragte ich ihn.

„Natürlich nicht", sagte Sebastian. Aber vielleicht würde er dann seinen Sohn besser verstehen können, mutmaßte er, vielleicht würde er ihm dann besser helfen können. Ich sagte nicht, dass es aus eigener Erfahrung wohl keinen Unterschied machte.

Auch bei der Jausenstation gab es keine Spur von den Kindern. Ich schaute auf mein Telefon. Nichts Neues. Wir mussten uns auf den Weg zurück machen.

Während wir durch die von Hagel und Starkregen verwüstete Landschaft wanderten, quälte mich die Frage, ob ich als Vater versagt hatte und für das Verschwinden meiner Kinder verantwortlich war. Dabei hatte ich alles mir Mögliche getan. Ich hatte immer versucht, viel Zeit mit ihnen zu verbringen, ihnen immer ein Ansprechpartner zu sein, ihnen zuzuhören, ihr Wohl in den Mittelpunkt meines Handelns und meiner Entscheidungen zu stellen. Und das hatten die Bründlmayers und die Riedls wohl ebenso getan. Trotzdem waren die Kinder uns abhandengekommen.

Auf dem Rückweg zum Haus kamen wir am Sporthotel vorbei, der provisorischen Flüchtlingsunterkunft. Zwei Männer bauten gerade ein vom Hagel zerstörtes Fenster aus. Einer stand oben auf der Leiter und schraubte, der andere stabilisierte unten und gab Anweisungen. Sie grüßten uns, wir grüßten zurück, und dann sah ich Elias im Fensterrahmen stehen. Er schaute mich direkt an. Ich war so verdutzt, dass ich zuerst einfach ein paar Schritte weiterging. Dann hielt ich Sebastian an der Schulter fest und deutete zum Fenster, aber Elias war nicht mehr zu sehen.

Sebastian schaute mich besorgt an, als stünde ich kurz vor dem Zusammenbruch, und ich war mir plötzlich nicht mehr sicher, ob ich Elias wirklich gesehen hatte, aber dann dachte ich darüber nach, dass ich wohl noch meinen eigenen Sohn wiedererkennen würde, und ich lief aufgeregt auf das Sporthotel zu, Sebastian folgte mir.

Ich rannte in das Hotel hinein, ohne zu wissen, wo ich Elias suchen sollte. Ich brüllte seinen Namen durch den hohen Raum, der früher als Hotellobby gedient hatte und in dem jetzt einige Menschen auf speckigen Sofas saßen, Zeitung lasen, plauderten oder auf Smartphones herumdrückten. Ein paar schienen irritiert zu sein, andere ließen sich auch von einem schreienden Mann nicht ablenken.

Ich überlegte. Das Fenster, in dessen Rahmen ich Elias gesehen hatte, musste zu einem der Zimmer im ersten Stock gehören. Ich nahm im engen Stiegenhaus zwei Stufen auf einmal, drängte mich an drei Männern vorbei, einer rief mir etwas nach, ich rannte einfach weiter und kam in einen fensterlosen Gang im ersten Stock, links und rechts die früheren Hotelzimmer, jetzt Unterkünfte.

Ich versuchte mich zu orientieren. Bald war ich mir sicher, dass Elias und das kaputte Fenster in einem der Zimmer auf der linken Seite des Ganges sein mussten. Zum Glück standen viele Türen offen, ich schaute überall hinein. Ich sah

Familien, die gemeinsam am Boden hockten und aßen, ich sah eine Mutter, die ihr Neugeborenes wickelte, ich sah zwei Jugendliche beim Lesen, ich sah aufgehängte Wäsche, Stockbetten und Matratzen am Boden, einzelne Herdplatten und mit Plastikflaschen und Obst vollgestellte Kommoden, aber meine Kinder sah ich nirgends.

Die nächste Tür war verschlossen, ich drückte sie, ohne nachzudenken, auf. Ein Mann erhob sich sofort von seinem Stuhl, eine Frau verbarg sich hinter einem der Stockbetten, um sich zu verschleiern, zwei Kinder schliefen nebeneinander auf einem schmalen Sofa. Die Fenster waren intakt, der Mann war empört. Er beschwerte sich lautstark bei mir, oder ich vermutete, dass er sich beschwerte, ich verstand die Sprache nicht. Hier war Elias auch nicht. Ich hob entschuldigend die Arme und machte kehrt. Auf dem Gang tauchte Sebastian auf und schnaufte heftig.

Ich rief weiter nach meinen Kindern, immer wieder. Menschen traten hinzu, um nachzuschauen, was denn hier los war. Der Mann aus dem Raum zuvor folgte mir und schimpfte, es war mir völlig egal.

Das nächste Zimmer war menschenleer, aber durch den fensterlosen Rahmen konnte ich den Schopf des Handwerkers erkennen. Ich bahnte mir einen Weg zwischen den am Boden liegenden Matratzen und der quer durch das Zimmer aufgehängten Wäsche, um den Handwerker nach meinem Sohn zu fragen, als mich eine Hand an der Schulter packte und nach hinten riss.

Es war der Mann von zuvor. Er schimpfte noch immer, und jetzt reichte es mir, ich brüllte auch. Es tue mir leid, dass ich in sein Zimmer gekommen sei, aber er solle mir jetzt nicht weiter auf die Nerven gehen, ich suchte meine Kinder, ich hätte meinen Sohn hier gesehen und wolle jetzt endlich wissen, wo meine Kinder seien. Aber der Mann ließ sich von meinem Gebrüll nicht abschrecken, er wurde selbst nur noch lauter, und dann stieß ich ihn von mir. Der Mann stolperte über eine der Matratzen, dadurch fiel er zum Glück auch weich. Er rappelte sich hoch, putzte sich ab, und in seinem Gesicht war jetzt nicht mehr Ärger zu sehen, sondern pure Wut. Er machte sich zum Angriff bereit, ich erklärte auf Englisch, dass ich meine Kinder suchen würde, der Mann rückte näher, und da stellte sich Sebastian zwischen uns. Ich weiß nicht wie, aber er schaffte es, die Situation zu beruhigen, ich bekam kaum mehr etwas mit, ich murmelte die Namen meiner Kinder vor mich hin, ich war verzweifelt, so verzweifelt, dass ich sie schon wie Gespenster in Fensterrahmen auftauchen sah.

Immer mehr Menschen versammelten sich um uns, sie begannen jetzt miteinander zu diskutieren, während Sebastian vor mir stand wie ein Personenschützer. Hinter der Menschentraube zeigte eine junge Frau mit einem Lächeln im freundlichen Gesicht aus dem Fenster und fragte, ob das da unsere Kinder seien.

Ich drückte Klara und Elias fest an mich, wie ich mir dachte, dass das in so einer Situation getan werden musste. Die beiden waren eher zurückhaltend. Sie verstanden sichtlich nicht, wieso ich so aufgewühlt war.

„Wir spielen ja nur, Papa", sagte Klara. Ich hatte sie mit

Lea, Max, Konstantin und einigen Kindern aus dem Sporthotel angetroffen. Die freundliche junge Frau, die sich als Esma vorstellte, hatte mich zu ihnen gebracht. Die Kinder waren im Kreis gestanden und mit einer Art Sprungwettbewerb über Matsch- und Wasserlacken beschäftigt gewesen. Wenn ich genauer geschaut hätte, wäre mir die Kindergruppe wohl schon vom Wanderweg aus aufgefallen.

Ich fragte Elias, warum er nicht zu mir gekommen sei, als er mich vom Fenster aus gesehen habe. Elias tat verwundert und sagte, er habe mich nicht gesehen.

„Also warst du gar nicht im Gebäude drinnen?", fragte ich.

„Doch, auf dem Klo."

Ich bedankte mich ein weiteres Mal bei Esma und verabschiedete mich, da ich annahm, wir würden sofort zu unserer Unterkunft zurückkehren, aber die Kinder wollten noch nicht gehen.

„Können wir nicht noch weiterspielen?", fragte Elias.

„Hier ist es viel lustiger", sagte Konstantin.

„Bleibt doch noch. Wollt ihr einen Kaffee? Oder etwas zu essen? Kuchen?", fragte Esma.

Sebastian und ich einigten uns, dass wir wohl noch Zeit für einen Kaffee hätten. Sebastian würde Christine anrufen und über unsere erfolgreiche Suchaktion informieren.

Ein paar Minuten später saßen wir in einer größeren Runde auf klapprigen Campingstühlen und tranken heißen Mokka, während die Kinder weiter über Lacken sprangen. Noch selten hatte mir ein Kaffee so gut geschmeckt.

Wir unterhielten uns in einem Kauderwelsch aus Deutsch, Englisch und Französisch über das Unwetter, zwischendurch lobte ich immer wieder den Kaffee. Es wurde viel gelacht, vor allem, wenn eines der Kinder mitten in einer Lacke landete und Fontänen aus Matsch und Wasser in die Luft spritzten. Normalerweise würde ich mir Sorgen um Judiths Reaktion machen, wenn ich die Kinder so verschmutzt, wie sie mittlerweile waren, nachhause brächte, aber heute würde sie sich vermutlich nicht beschweren, sondern einfach nur erleichtert sein und sie genauso fest umarmen wie ich zuvor.

Auch der wütende Mann saß mit in der Runde. Er stellte sich als Baran vor. Immer wieder nickte er mir zu, und ich nickte zurück, dann nippten wir fast synchron an unserem Mokka. Die Versöhnung zwischen uns war einfach, denn der Konflikt war ja nichts Persönliches gewesen.

Esma erzählte währenddessen Sebastian von ihrer Kindheit in Hama in Syrien und von ihren Großeltern, die sie dort hatte zurücklassen müssen. Sebastian hörte sehr aufmerksam zu, das konnte er gut.

Nachdem ich meinen Kaffee ausgetrunken hatte, wurde ich zappelig. Ich wusste nicht mehr, worüber ich reden, wie ich sitzen und was ich mit meinen Händen tun sollte, ich wetzte herum, und der Campingstuhl wackelte hin und her. Baran beobachtete mich dabei, und weil mir nichts Besseres einfiel, fragte ich ihn auf Englisch, ob seine Kinder gut schlafen würden. Er schaute mich verständnislos an. Der Mann neben ihm übersetzte, aber Baran schien über die Frage nach wie vor erstaunt zu sein. Ja, seine Kinder würden schlafen, erklärte er trocken.

Ich präzisierte meine Frage und fragte nach Albträumen. Da hellte sich Barans Gesicht auf, nein, nein, Albträume hätten seine Kinder schon lange nicht mehr gehabt, zum Glück, sie würden so gut schlafen wie nie zuvor. Damit war unser Gespräch beendet. Ich bemühte mich, nicht mehr herumzuwetzen, denn Sebastian redete nach wie vor angeregt mit Esma und machte noch keine Anzeichen, aufbrechen zu wollen. Er fragte sie, was denn unsere Kinder gesagt hätten, als sie hier aufgetaucht seien. Gar nichts, sie hätten einfach mit den anderen Kindern zu spielen begonnen, antwortete Esma.

„Und das ist dir nicht komisch vorgekommen?", fragte Sebastian.

Esma wunderte sich über die Frage. Warum solle ihr das komisch vorkommen?

„Wir haben sie vermisst!", sagte Sebastian viel zu laut und auch ungewohnt empört. Esma sah erstmals nicht mehr freundlich drein, und ich erhob mich, um unserem Besuch ein Ende zu bereiten.

Auf dem Heimweg erklärten die Kinder, die Tür sei unversperrt gewesen und sie hätten sich einfach ein wenig die Umgebung ansehen wollen. Wir hätten ja alle noch geschlafen.

„Ihr habt echt keine Ahnung, was euch hätte passieren können", sagte Sebastian zu ihnen.

Ich fragte nicht, ob sie vorgehabt hätten davonzulaufen. Ich wollte es lieber gar nicht wissen. Denn ich kannte den Gedanken, einfach zu verschwinden, nur zu gut. Als Kind hatte ich mehrmals damit gedroht davonzulaufen und einmal hatte ich sogar zu packen begonnen. Spätestens da war mir dann klar geworden, dass die Fantasie des Wegrennens das eine war, es dann auch wirklich umzusetzen aber etwas ganz anderes. Ich scheiterte als Kind schon daran, Proviant und Gewand zusammenzusammeln.

Als Pubertierender hatte ich unzählige Male *How To Disappear Completely* von Radiohead angehört und den Gedanken des Verschwindens genossen. Etwa fünfzehn Jahre später, Elias war ungefähr zwei Jahre alt und Klara noch nicht auf der Welt, habe ich mir dann auch ein Selbsthilfemanual mit dem Titel *How to disappear completely and never be found* bestellt.

Das Buch war eine große Enttäuschung. Der Autor gab kaum praktische Tipps für den Identitätswechsel, sondern erzählte selbstmitleidig und misogyn, wie diverse Frauen sein Leben zerstört hätten. Sein Antrieb war ein einziges großes patriarchales „Fuck you" seiner Ehefrau gegenüber, eine lächerliche männliche Geste, mit der er sich seiner Verantwortung entziehen wollte. Ich fühlte mich ertappt.

Nach vielen Umarmungen und Freudentränen über das Wiedersehen mit den verloren geglaubten Kindern aßen wir im Aufenthaltsraum gemeinsam zu Mittag. Die Gnocchi mit Butter und Basilikum schmeckten besser als jedes Gericht aus haubenprämierter Küche, das ich jemals gegessen hatte, und die schönste Zeit unseres gemeinsamen Urlaubs begann. Die Spannungen und die Sorgen hatten sich aufgelöst, wir lachten miteinander und durcheinander, und so störte es uns auch nicht, dass die Straße ins Tal aufgrund des Gewitters noch mindestens für eine Nacht gesperrt bleiben würde.

Wir sprachen nicht über Albträume, nicht über den Ausflug der Kinder ins Sporthotel und nicht über ihre Spiele.

Wir suchten und sammelten Käfer, wir machten mehrere Zapfenschlachten, wir kickten, und statt wieder einmal unsere sich bereits als sinnlos erwiesenen Einschlafrituale abzuarbeiten, heizten wir zusammen ein Lagerfeuer mit trocken gebliebenen Holzscheiten an und versammelten uns rundherum. Judith und Christine hatten Teig für Steckerlbrot vorbereitet, wir wickelten es um entrindete und zugespitzte Äste und aßen es gemeinsam mit gegrillten Würsteln, das austretende Fett ließ das Feuer immer wieder zischen, und zuletzt warfen wir in Alufolie gewickelte Erdäpfel in die Glut, genau so, wie wir uns das vor dem Urlaub vorgestellt hatten.

Ich nahm mir fest vor, am Abend, wenn die Kinder schliefen, oder spätestens morgen von meinem Albtraum zu erzählen, und davon, dass er unangenehm gewesen war, ich ihn aber auch genossen hatte. Wenn sie mich für pervers halten wollten, sollte mir das recht sein. Und aus diesem Gefühl heraus wollte ich auch ein Plädoyer für mehr Selbstständigkeit der Kinder und weniger Herumscheißerei von unserer Seite halten.

Nach elf, im Licht des Mondes, brachten wir die Kinder ins Haus, ihre Haare rochen nach Rauch, ihre Wangen waren gerötet, die Gesichter müde und zufrieden, und ohne dass wir sie gedrängt oder nachgefragt hätten, entschuldigten sie sich murmelnd dafür, davongelaufen zu sein. Das Gewitter habe sich in ihrem Kopf festgesetzt, sie hätten alle nicht schlafen können, sie hätten alle das Gefühl gehabt, in diesem Haus nicht sicher zu sein. Deshalb seien sie morgens aufgebrochen. Wir nahmen diese Erklärungen dankbar an und legten sie gemeinsam im Matratzenlager hin, sie schliefen sofort ein, dann versperrten wir die Tür hinter ihnen. Der heutige Nachmittag war wunderbar gewesen, aber wir konnten den heutigen Morgen nicht einfach vergessen und wir hatten noch immer keine Autoschlüssel und noch keinen Plan für die heutige Nacht.

Wir mussten die Kinder unter Kontrolle halten, aber wir konnten sie auch nicht durchgehend einsperren. Morgen würden wir jedenfalls die Ersatzautoschlüssel aus der Stadt holen, der Weg ins Tal sollte da wieder frei sein.

„Und was machen wir heute Nacht? Wenn sie wieder Albträume haben?", fragte Christine, dann biss sie sich auf die Lippen.

„Wir lassen sie", sagte ich, „ich habe keine Lust mehr."

Zuerst dachten die anderen, ich würde einen Spaß machen, aber ich meinte es ernst. Wie zu erwarten fühlten sie sich nicht wohl dabei, aber ich setzte nach und erklärte, dass mir nichts mehr einfiel, was wir noch tun könnten. Wenn sie eine Idee hätten, dann bitte, sollten sie diese umsetzen, ich hatte keine mehr, ich wollte endlich einmal nur dasitzen und in Ruhe Bier trinken.

Paul Bründlmayer hatte schon eine Idee. Er und Eva, sagte er, hätten schon mehrmals darüber gesprochen, was sie tun würden, wenn es sich bei ihren Kindern noch mehr auswachsen würde. Ihm war wohl gar nicht bewusst, dass er in diesem Moment gerade indirekt zugegeben hatte, dass auch seine Kinder Albträume hatten, aber es wurde auch mir erst im Nachhinein bewusst, da er mit solcher Verve erklärte, seine Kinder sofort in so ein Ferienlager für gesunden Schlaf zu schicken. Einige Arbeitskollegen hätten das mit ihren Kindern auch schon gemacht, und es habe bestens funktioniert.

Die Kinder seien danach glücklicher und ausgeglichener gewesen. Und sie hätten sich nicht einmal mehr daran erinnern können, je in diesem Lager gewesen zu sein, denn sie hielten den Aufenthalt für einen langen Traum. Das sei schon alles sehr überlegt und gut organisiert gewesen.

Ich war Paul Bründlmayer dankbar für seinen Vorschlag, denn damit nahm er mich sofort aus der Schusslinie. Christine und Judith kritisierten ihn für seinen Vorschlag, Sebastian unterstützte sie mit heftigem Nicken. Es handele sich bei den sogenannten Ferienlagern für gesunden Schlaf definitiv um keine Ferienlager, das sei der reinste Euphemismus, sagte Christine. Das seien Straflager für auch nur irgendwie von der Norm abweichende Kinder.

Die Diskussion zog sich, weil sie sich im Kreis drehte. Schnell war alles gesagt, alle Argumente und Meinungen waren geäußert, trotzdem wiederholten Paul Bründlmayer, Christine und Judith mehrmals das bereits von ihnen Ausgesprochene. Weit nach Mitternacht waren alle erschöpft, gleichzeitig registrierten wir, dass die Kinder heute sehr gut schliefen, noch zumindest, und in dieser Kombination aus Erschöpfung und positiven Anzeichen einigten wir uns darauf, sie eben heute Nacht weiter gemeinsam im Matratzenlager schlafen zu lassen. Die Zimmertür war abgesperrt, die Babyfons waren aufgedreht, nochmal würden sie wohl nicht abhauen, vor allem, wo sie sich jetzt auch bereits dafür entschuldigt hatten.

Im Bett nutzte ich die Zeit, in der Judith noch im Badezimmer war, und checkte am Tablet meine Arbeitsmails, ohne mir

Beschwerden wegen meines gebrochenen Vorsatzes anhören zu müssen. Die App lud nicht richtig. Ich ärgerte mich, ich musste mir bald ein neues Tablet besorgen. Ich öffnete die Anwendungsübersicht, um einige Apps zu schließen. Da sah ich, dass auch der Mediaplayer vor Kurzem benutzt worden war, von mir allerdings bestimmt nicht. Ich drückte auf Play und hörte das Geräusch eines Autos, das entriegelt wurde. Hatte mein Sohn das abgespielt, während Konstantin die Spielfiguren in die Höhe gehalten hatte? Dann hörte ich Judith auf dem Gang näherkommen und legte das Tablet schnell weg.

6. JULI

Ich hatte gut geschlafen und nichts geträumt. Die Nacht war ruhig geblieben. Als ich aufwachte, hatte Christine die Kinder im Schlaflager bereits geweckt. Sie hatten nicht einmal mitbekommen, eingesperrt gewesen zu sein.

Als Erstes fragten wir sie beim Frühstück, wie ihre Nacht gewesen sei, aber nicht als banale Small-Talk-Frage, sondern mit einem tiefen, ehrlichen Interesse.

Niemand habe einen Albtraum gehabt, meinten sie. Ich glaubte ihnen nicht, aber das änderte nichts. Wir machten den Kindern klar, dass wir über ihren gestrigen Ausflug ohne Sanktionen hinwegsehen würden, da sie die Heftigkeit eines nächtlichen Gewitters in den Bergen wohl sehr mitgenommen hatte. Aber bei irgendeinem weiteren Blödsinn hätten sie nach dem Urlaub ernsthafte Konsequenzen wie Hausarrest inklusive Internetverbot zu befürchten.

Ich meldete mich freiwillig, mit den öffentlichen Verkehrsmitteln zurück in die Stadt zu fahren und die Ersatzautoschlüssel aus den jeweiligen Wohnungen zu holen. Ich wollte weg, ich wollte endlich wieder einmal für ein paar Stunden alleine sein, außerdem war ich schon seit Ewigkeiten nicht mehr mit dem Zug gefahren. Ich würde mein Buch lesen, Musik hören, aus dem Fenster schauen. Ich hoffte, dass mir keine nervige Gruppe Jugendlicher oder eine übermotivierte Runde rüstiger Pensionisten die Ruhe zerstören würde.

Ich packte eilig meinen Rucksack, küsste Judith im Aufenthaltsraum zum Abschied und schaute danach Eva absichtlich nicht an. Ich verließ das Haus mit einem Gefühl der Freiheit.

Schon nach ein paar Metern, in der Spitzkehre der Zufahrt, bemerkte ich eine Person, die zielstrebig den Berg herabkam und unser Haus ansteuerte. Sie winkte, ich blieb stehen. Bald erkannte ich Esma und ging ihr entgegen. Sie hielt mir drei Autoschlüssel hin. „Die habt ihr gestern bei uns verloren", sagte sie. Sie lachte dabei, aber mir war nicht nach Lachen zumute, denn die Schlüssel in Esmas Hand bedeuteten, dass entweder unsere Kinder oder die Bewohner des Sporthotels sie an sich genommen haben mussten. Ich starrte wohl zu lange auf Esmas Hand, denn sie fügte nach einiger Zeit hinzu: „Die habt ihr bestimmt schon überall gesucht." Ich bedankte mich und nahm ihr endlich die Schlüssel ab. Ich war ratlos, was ich jetzt tun sollte.

„Richte den Kids bitte liebe Grüße aus, sie können jederzeit wieder bei uns vorbeischauen", sagte Esma.

„Ich glaube nicht, dass das passieren wird."

„Fahrt ihr schon?"

„Ja", sagte ich und verabschiedete mich kurz angebunden, ich hatte keine Lust mehr auf Höflichkeiten und stieg ins Tal hinunter. Nach wenigen Schritten begriff ich, dass ich den ganzen Weg gar nicht mehr antreten musste, denn ich hatte die Autoschlüssel ja bereits wieder. Aber ich wollte auch nicht gleich zurück in die Hütte, ich brauchte ein bisschen Abstand.

Ich kehrte im etwas tiefer gelegenen Gasthaus ein, in dem ich mich vor meiner Frau, den Riedls und den Bründlmayers sicher wähnte, da ihnen die Tischdecken und Vorhänge bestimmt zu schmuddelig und der Geruch nach Frittierfett zu penetrant waren. Ich setzte mich für den Fall der Fälle in eine Ecke, von der aus ich mich schnell auf die Toilette flüchten konnte, und bestellte Grießnockerlsuppe, gebackene Champignons und ein Bier. Dann nahm ich mir eine Tageszeitung, ich hatte schon lange keine mehr in der Hand gehabt. Ich las von einem Hurrikan in den USA, einem Hackerangriff auf Industriebetriebe und einem Bürgerkrieg.

Waren wir Männer wirklich so dumm gewesen, alle unsere Schlüssel zu verlieren, und zwar nachdem wir sie bereits gesucht hatten? Und was war mit Paul Bründlmayer? Der war ja nicht einmal im Sporthotel gewesen.

Die Schlüssel mussten von den Kindern entwendet worden sein. Oder, und daran hatte ich bis jetzt nicht gedacht, jemand war in unser Haus eingestiegen und hatte sie gestohlen. Und Esma hatte sie nur zurückgebracht, weil wir oder die Kinder gestern einen guten Eindruck gemacht hatten. Wir mussten jedenfalls schnell von hier weg, aber zuerst brauchte ich einmal ein bisschen Ruhe, denn in der Stadt und im Arbeitstrott würde ich diese bestimmt nicht finden.

Ich liebe meine Kinder und ich weiß nicht, was ich mit ihnen tun soll. Ich soll sie schützen, aber sie gefährden sich zuerst selbst und dann andere. Ich habe viel falsch gemacht, dessen bin ich mir sicher, aber was genau ich falsch gemacht habe, weiß ich nicht. Ich vermute, dass ich abwechselnd zu streng und zu nachlässig gewesen bin, vielleicht habe ich ihnen, als sie klein waren, unabsichtlich Kuchen mit Rum serviert, vielleicht habe ich zu oft vor ihnen auf meinem Smartphone herumgedrückt, anstatt ihnen zuzuhören.

Und vielleicht habe ich es bei Klara übertrieben (auch wenn es offensichtlich funktioniert hat), als ich das Wochenende mit ihr alleine verbracht hatte, was sonst nie vorkam. Ich freute mich, Zeit zu zweit mit ihr zu haben, denn die Wochen davor waren doch sehr von medizinischen und vor allem therapeutischen Aktivitäten bestimmt gewesen, ich hatte keinen Plan für das, was ich dann tat.

Elias übernachtete bei einem Freund und Judith war auf ihrem wohlverdienten, von mir spendierten Spa-Wochenende. Ich hatte erwartet, dass Judith sich gegen den Urlaub weit weg von der Familie wehren würde, aber ihr waren beim Anblick des Gutscheins sofort die Augen feucht geworden, dann hatte sie mich umarmt. Ich glaube, sie hat sich noch nie so sehr über ein Geschenk von mir gefreut, über einen Urlaub ohne mich und die Kinder.

Klara und ich bauten aus Lego einen Zoo, wir hörten eine Hörspielbearbeitung von *Emil und die Detektive*, wir sprangen auf dem Trampolin im Garten. Abends bestellten wir Pizza und schauten Fußball, dann machten wir gemeinsam die Entspannungsübungen, schüttelten die Angst ab und stellten uns unsere Träume vor. Nachdem Klara sich die Zähne geputzt, ihren Pyjama angezogen und in ihr Bett gelegt hatte, sagte ich ihr, dass Papa und Mama sie sehr lieb hatten, ihren Bruder natürlich auch, und küsste sie auf die Stirn. Wir gingen gemeinsam unsere Einschlafrituale durch, dann machte ich das Licht aus, setzte mich in den Fauteuil neben dem Bett, und nach wenigen Minuten hörte ich Klara gleichmäßig atmen.

Ich schaute mir die zweite Halbzeit des Fußballspiels an, dabei aß ich die Reste der Pizza auf. Danach streamte ich mehrere Folgen von *Modern Family*, bis mich Klaras Gebrüll aufschrecken ließ. Damit hatte ich nicht gerechnet. Während ich die Stiegen nach oben rannte, überlegte ich, was ich falsch gemacht, was ich vergessen haben könnte. Zuerst wich Klara vor mir zurück, zum Glück hatte ich vor ein paar Wochen die Fenster gesichert, aber sie beruhigte sich dann relativ schnell und ich konnte sie in den Arm nehmen. Klara erzählte mir stockend von ihrem Traum. Jemand sei auf ihr gehockt. Sie hätte gebrüllt, um sich geschlagen, getreten, aber die Person sei weiter auf ihr gehockt, bis sie völlig kraftlos gewesen sei, und dann habe die Person sie aus dem Bett gezerrt, wohin wisse sie nicht, denn da sei sie aufgewacht. Ich redete ihr gut zu, sie sei in Sicherheit, ich sei da, um sie zu beschützen. Ich streichelte ihr über den Kopf, und bald schlief sie wieder.

Ich setzte mich zurück auf das Sofa im Wohnzimmer und ließ *Modern Family* weiterlaufen, aber ich konnte der Handlung nicht mehr folgen. Ich hatte genug. Ich musste etwas tun. Ich hatte gedacht, wir hätten das mit Klara endlich gemeinsam durchgestanden. Sie schaffte es offensichtlich nicht, sich zu wehren, und das musste ich ihr irgendwie beibringen.

Ich erinnerte mich an die Broschüre, die mir der junge Arzt im Schlaflabor in die Hand gedrückt hatte. „Therapeutic boarding school". „Behavior modification program". Ich las sie mir aufmerksam durch, ich googelte, ich fasste einen Entschluss. Ich stand auf und wühlte mich durch die Faschingsutensilien im Abstellraum, setzte mir eine billige venezianische Maske auf und ging wieder nach oben, der Gummi schnitt mir in den Hinterkopf. Ich betrat Klaras Zimmer, sie schlief auf dem Bauch, wie meistens, tief und fest. Ich kniete mich auf ihren Rücken, versuchte, nicht zu brutal zu sein, aber doch überzeugend, und zog an ihren Haaren. Bald wachte sie auf und schrie. Ich tat so, als würde ich sie nicht hören, zog weiter an ihren Haaren, sie wand sich herum, ich ließ nicht los, sie tat mir leid, sie jammerte, ich sagte: „Wehr dich doch!" Sie versuchte mich abzuschütteln, mit zu wenig Nachdruck. „Wehr dich doch!" Sie boxte mir mit dem Ellbogen in den Bauch, gut, dachte ich, dann stürzte ich vom Bett auf den Boden und jaulte auf, ich musste es nicht spielen, ich lief aus Klaras Zimmer und riss mir im Stiegenhaus die Maske vom Gesicht.

Dann wartete ich einige Minuten. Ich hörte Klara wimmern, ich war nahe daran loszuheulen, mein Magen zog sich zusammen, aber ich durfte jetzt nicht nachgeben, bald war es überstanden.

Ich betrat abermals das Zimmer. „Was war denn?", fragte ich Klara mit meiner einfühlsamsten Stimme und kuschelte mich an sie, obwohl sie sich mittlerweile beruhigt hatte. Sie wich instinktiv, ein paar Millimeter, aber doch, vor mir zurück.

„Wieso machst du das?", fragte sie mit einer Härte, die ich so noch nicht von ihr kannte. Ich war stolz.

„Was denn?", fragte ich.

Sie erzählte mir, was sich ereignet hatte, knapp und präzise. Ich war noch stolzer und tat so, als wäre ich vollkommen überrascht.

„Das hast du geträumt, mein Schatz", sagte ich. Sie hatte es endlich geschafft, sich zu wehren. Ich hatte ein furchtbar schlechtes Gewissen und habe es noch immer, aber von da an hatte Klara keinen Albtraum mehr gehabt.

Während ich die gebackenen Champignons aß, nahm mich einer der Stammgäste an der Theke immer unverschämter in den Blick. Er hatte schon zuvor seine Ansichten über Politik („Alle korrupt") und Fußball („Die Nationalmannschaft braucht einen Knipser") lautstark in den Gastraum hineindoziert, und die Kellnerin und die anderen Stammgäste hatten es mit einem müden Lächeln über sich ergehen und ihn dann stehen lassen. Weil ich auch keine Lust auf dieses Geschwätz hatte, nahm ich größere Bissen als normal, verzichtete auf ein weiteres Bier, zahlte und trat nach draußen.

Ich hatte nicht vor, den anderen etwas von meiner Begegnung mit Esma zu erzählen, also hatte ich noch einige Stunden totzuschlagen, bevor ich wieder ins Haus zurückkehren konnte. Ich wanderte ziellos auf Waldwegen herum, bis ich eine Bank mit bereits bemoosten Latten fand, auf der ich mich niederließ, um ein paar Seiten zu lesen. Dann ging ich zurück zum Gasthaus, in der Hoffnung, dass der nervige Stammgast nicht mehr anwesend war. Ich lugte in den Gastraum, ich sah ihn nicht, also betrat ich das Gasthaus und bestellte mir noch ein Bier.

Ich schaute etwas stumpf vor mich hin, ich dachte an meine Kinder, ich dachte an Judith, ich trank einen Schluck und nahm mir fest vor, von jetzt an alles noch besser zu machen.

21. JULI

Ich habe heute alles durchgelesen, was ich während des Urlaubs geschrieben habe. Ich glaube, ich war ehrlich zu mir selbst. Vor allem die Ohrfeige tut mir leid, aber man kann nicht immer alles richtig machen. Beim Lesen hat sich eine gewisse Hilflosigkeit eingestellt, denn ich habe das Gefühl, alles probiert zu haben, um meinen Kindern zu helfen, ohne Erfolg.

Heute ist der erste Tag, an dem ich ohne Schmerzen atmen kann und mir die Medikamente nicht mehr völlig das Hirn vernebeln. Ich habe vier gebrochene Rippen, ein verstauchtes Bein und eine Gehirnerschütterung, außerdem allerlei Kratzer und Schürfwunden, die aber zu vernachlässigen sind.

Der Transport im Rettungswagen war ein qualvolles Gerüttel den Berg hinunter. Ich erinnere mich an das Angezurrtsein, an aufgeregtes Stimmengewirr, an eine Sirene, an den Geruch von Rauch in der Nase und an Klaras Gesicht, wie sie mich im Matratzenlager anschaute.

Ich kam in der Dämmerung, als es spät genug für eine realistische Rückkehrzeit war, aus dem Gasthaus zur Hütte zurück. Ich hatte die Autoschlüssel in der Jackentasche und war bereit für die Heimfahrt.

Die Haustür war versperrt, ich läutete, Sebastian öffnete mir. Die Sorgen waren ihm ins Gesicht geschrieben. Aber noch dachte ich mir nichts dabei, ich hatte gar nicht darüber spekuliert, was während meiner Abwesenheit passieren würde oder passieren könnte. Ich betrat den Aufenthaltsraum, streckte die Autoschlüssel in die Höhe, eine Geste, die mir, sobald ich sie ausführte, erbärmlich vorkam, vor allem erinnerte sie an den Vorfall mit Konstantin, aber ich konnte sie nicht einfach so abbrechen, also rief ich, wohl zu laut: „Wir können endlich fahren!" Die anderen Erwachsenen starrten mich mit demselben abgekämpften, sorgenvollen Blick an, den auch Sebastian an der Tür gezeigt hatte. Unsicher fragte ich, was denn los sei.

Sie redeten durcheinander, und ich brauchte eine Zeit lang, bis ich verstand, dass die Kinder ertrinken gespielt hatten. Wobei verstehen wohl das falsche Wort ist, also ich verstand es akustisch. Was das genau bedeuten sollte, ertrinken spielen, verstand ich natürlich überhaupt nicht.

Sebastian hatte die Kinder vor der geöffneten Badezimmertür in einem Halbkreis stehend angetroffen, sie waren ihm still vorgekommen, zu still. Dann bemerkte er Klaras und Konstantins nasse Haare und dann, dass Max fehlte. Er hörte einen Japser, als würde jemand nach Luft schnappen, dann sah er einen Haarschopf in der Badewanne. Max lag mit dem Gesicht nach unten im Wasser. Als er versuchte, sich zu drehen, um Luft zu holen, drückten ihn Elias und Lea wieder unter Wasser, als wäre das ganz normal.

Sebastian drängte sich an den Kindern vorbei und zog Max aus der Wanne. Max wirkte darüber eher enttäuscht als erleichtert. Die Kinder erklärten, es handele sich bloß um ein Spiel, und das Spiel sei eben Ertrinken.

Nachdem Max in ein Handtuch gewickelt und zum Kachelofen gesetzt worden war, erzählten die Kinder widerwillig, dass gestern ein Bub im Sporthotel vom Ertrinken gesprochen habe, und das hätten sie eben ausprobieren wollen.

Nach dem Vorfall hatten sich die Erwachsenen dafür entschieden, unter Christines Anleitung eine Auffrischung der Erste-Hilfe-Kenntnisse durchzuführen. Sie hatten über Schwimmsicherheit gesprochen, außerdem waren die Kinder zwanzig Runden im Hof gelaufen, abschließend hatten sie alle gemeinsam einige Entspannungsübungen gemacht.

Dann hatten sie zusammengepackt. Sie hatten mit den Kindern die Schlafsäcke zusammengerollt, die Handtücher abgenommen und dann die Trolleys und Taschen eingeräumt, um bei meiner Rückkehr möglichst schnell abreisen zu können. Im Haus musste nur noch der Kühlschrank ausgeräumt werden.

Wir wollten also sofort mit dem Beladen der Autos beginnen, aber die Kinder blieben sitzen.

„Habt ihr euch schon verabschiedet?", fragte ich, ich wollte einfach weg und kein Gespräch mehr führen.

„Wir wollen nicht fahren", sagte Elias.

Judith hielt Klara die Hand hin. Klara nahm sie nicht.

„Ich habe jetzt wirklich genug von dem Scheiß", sagte ich.

Aber Klara und Elias bewegten sich nicht. Und wie ich bemerkte, ging es den Riedls am anderen Ende des Raumes mit Konstantin ebenso, und auch Max und Lea weigerten sich im Stiegenhaus, ihren Eltern zum Auto zu folgen.

Ich spürte die Wut in mir hochkochen, der Dampf musste raus, ich ließ einen Urschrei los, der meine Kinder sichtlich erschreckte, ich packte Klara unter den Achseln und schaffte es, obwohl sie sich krümmte und ihren Körper komplett anspannte, sie hochzuheben und ein paar Meter zu tragen. Sie strampelte mit den Beinen, schlug um sich, dann schrie sie und dann wurde das Schreien zu einem Weinen. Plötzlich ließ sie ganz locker, sie gab auf und wimmerte bitterlich. Es klang so erbärmlich und leidvoll, dass auch mir die Tränen in die Augen schossen. Ich setzte Klara behutsam auf dem Boden ab, und die Umklammerung wurde zu einer Umarmung. Wir schluchzten gemeinsam vor uns hin. Nicht einmal nach dem schlimmsten Albtraum war Klara so verzweifelt und erschüttert gewesen.

„Es tut mir leid", sagte ich, „ich will dich nur nachhause bringen. Wir sind eine Familie, wir schaffen das gemeinsam."

Klara drückte sich fest an mich, ich spürte ihre Tränen und ihren Atem an meinem Nacken. Nach einiger Zeit hatten wir uns beide ein wenig beruhigt. Klara wischte sich Rotz und Tränen mit der Ellbogenbeuge aus dem Gesicht.

„Wir haben alle ähnliche Träume gehabt. Und wir wollen herausfinden, was es damit auf sich hat", erklärte Elias. „Deswegen wollen wir bleiben." Damit hatte ich nicht gerechnet. Sie alle träumten von einem Haus in einer Wohnsiedlung, so ähnlich wie die Häuser, in denen sie wohnten, und sie wüssten, die erste Attacke stehe kurz bevor. Sie hockten in dem Traum zusammengekauert und fröstelnd in einer Ecke des Balkons, fuhr Elias fort. Im Haus, in ihrem Zimmer, bewege sich etwas, sie seien sich sicher, auch wenn sie keine Bewegung sehen könnten. Im Zimmer ihrer Eltern würden sie durch die andere Balkontür bloß die Umrisse des Bettes und zwei zugedeckte Geschöpfe erkennen, die wie ein einziges, zusammengewachsenes Lebewesen wirkten.

Die Scheiben in beiden Balkontüren würden beben. Als würde jemand immer weiter und immer fester gegen die

Scheiben schlagen, aber sie würden niemanden sehen, sie würden niemanden hören, sie würden nicht wissen, wer es sei. Dann würden sie das erste Vogelzwitschern vernehmen und wüssten, bald sei es vorbei, aber das Gefühl, dass die erste Attacke kurz bevorstand, würde sie nicht mehr verlassen, und dann würden sie schreiend aufwachen.

Sie hatten tatsächlich alle den gleichen Traum wie ich. Oder einen ähnlichen. Ich war sprachlos. Ich hatte mich meinem Sohn und meiner Tochter noch nie so fern gefühlt, obwohl ich gerade gehört hatte, dass sie den gleichen Albtraum wie ich hatten. Aber ich traute mich erstmals mir selbst gegenüber zuzugeben, dass die Verbindung längst gekappt war, die ich als noch bestehend und funktionierend angesehen hatte. Und ich spürte, wie sehr ich sie liebte, gerade weil die Verbindung nicht mehr bestand.

„Menschen träumen oft ähnliche Dinge", sagte Christine zu den Kindern, „kollektive Träume." Es klang wie eine Verteidigung und nicht wie eine Erklärung, aber zumindest versuchte sie es noch.

„Wir können euch helfen", sagte ich, um Christine beizustehen, ich glaubte es nicht.

„Ihr könnt uns nicht helfen", sagte Klara, „vielleicht seid ihr sogar das Problem." Die Erwachsenen, außer Christine, lachten auf die eine oder andere Art auf, Eva und ich kurz und schrill, Sebastian und Judith verlegen und Paul Bründlmayer extra laut.

Klara zählte nüchtern unsere Verfehlungen auf, als würde sie ein Protokoll über unser Verhalten der letzten Tage verlesen. Paul habe sie durch den Hof gejagt, er habe zwei von ihnen zum Kotzen gebracht und sich dann noch darüber lustig gemacht. Christine habe während der Einzelgespräche versucht, ihnen über das Trinkwasser heimlich Medikamente zu verabreichen. Eva würde sie ständig anschreien und Lügengeschichten erzählen. Ich hätte Kinder geschlagen und sei ab Mittag immer betrunken gewesen. Und Judith und Sebastian seien abgelenkt gewesen, weil sie sich ständig nur miteinander beschäftigt hätten, im Waschraum, im Wald, im Keller.

Das Schlimmste war, dass ihr niemand widersprach. Ich war voller Scham und fühlte mich gleichzeitig erkannt und betrogen. Ich wollte Judith anschauen und Sebastian anschauen, aber ich schaffte es nicht, und die anderen schafften es auch nicht, und bevor wir noch irgendeine peinliche, verkrampfte Möglichkeit gefunden hatten, ein Gespräch zu beginnen, sprangen die Kinder auf, rannten los, die Stiegen hoch und sperrten sich im Matratzenlager ein.

Und wir standen da wie Idioten. Dann hörte ich Judith „Es tut mir leid" sagen, und dann sagte Sebastian: „Du darfst mir gegen das Schienbein treten, wenn du möchtest", und obwohl meine Augen feucht wurden, musste ich lachen, der Beginn eines verzweifelten Lachkrampfes, der wie Erbrechen klang, zeichnete sich ab. Aber mein Lachen wurde schnell von Christine gebremst, die kraftlos und erschüttert auf Sebastian einzuboxen begann. Er wollte sie in den Arm nehmen, was Christine richtig wütend machte, und sie trat ihm gegen das Schienbein.

Er sank in sich zusammen, wie es seiner Erbärmlichkeit entsprach, während am anderen Ende des Raumes Eva ihren

Mann zur Rede stellte. Mehrmals wiederholte sie seinen Namen, dann sagte sie einmal „Christine" und dann „Arschlöcher", woraus sich der Streit entspann, wer das größere Arschloch sei und wer wen als Arschloch bezeichnen dürfe. Christine sei jedenfalls ein Arschloch, die würde die Kinder vergiften, sagte Paul Bründlmayer, woraufhin Sebastian seine Frau verteidigte und meinte, sie würde die Kinder zumindest nicht zum Speiben bringen, und ich fragte Judith: „Wie lange geht das schon?", und Judith sagte: „Bitte", und ich fragte: „Was ‚bitte'?", und Christine fragte: „Ja genau, wie lange geht das schon?", und Paul Bründlmayer sagte: „Lenk nicht ab!", und ich fragte dann, ob die anderen das auch hören würden. „Was denn?"

„Na, die Kinder, was machen die Kinder, spielen sie, räumen sie um, zerlegen sie da oben das ganze Matratzenlager?"

Wir mussten also nach oben schauen und unsere Befindlichkeiten für einen Moment zurückstellen, zumindest darüber waren wir uns einig.

Hinter der verschlossenen Tür des Matratzenlagers rumorte es. Es klang so, als würden die Kinder den Tisch und die Stühle zur Tür schieben, um sich zu verbarrikadieren. Sie reagierten nicht auf unsere Zurufe. Paul Bründlmayer rüttelte ewig lange an der Türschnalle, bis auch er merkte, wie unsinnig das war.

„Irgendwann müssen sie rauskommen", sagte er zuversichtlich. „Irgendwann müssen sie was essen, irgendwann müssen sie auf die Toilette."

„Und dann?", fragte Eva.

„Dann fahren wir nachhause", sagte Sebastian.

„Ja, aber wer mit wem ist noch die Frage", sagte Christine.

„Christine", sagte Sebastian, und Christine zeigte ihm den Mittelfinger, Judith vergrub ihr Gesicht in den Händen, Eva fing überdreht zu kichern an und schüttelte dabei den Kopf, Paul Bründlmayer rüttelte schon wieder völlig vertrottelt an der Tür, ich brüllte: „Ruhe", und Judith sagte: „Geh doch ins Gasthaus Bier saufen, wenn du deine Ruhe willst."

Dann wurde von den Kindern gegen die Tür geklopft, und die Ruhe, die ich mir gewünscht hatte, trat schlagartig ein.

„Könnt ihr uns einmal zuhören?", hörte ich gedämpft Elias' Stimme.

„Macht die Tür auf", sagte ich und fühlte mich ganz schlau.

„So funktioniert das nicht", sagte Elias.

Paul Bründlmayer und ich begannen, gegen die Tür zu treten und zu schlagen, was natürlich nichts half.

„Sie hören uns nicht zu", sagte Elias, es klang wie ein abschließendes Urteil.

„Natürlich hören wir euch zu", sagte ich. „Wir hören euch immer zu", sagte Judith. „Ja, natürlich", sagten alle anderen, da brüllte Konstantin: „Feuer!"

Ich sah kein Feuer, ich war irritiert. Von innen hörte ich, wie die Kinder ruhig und systematisch vorgingen, wie sie es von uns gelernt hatten. Lea fragte nach dem Ort der Brandquelle. „Die Pölster und Decken bei der Tür", sagte Max. Elias zählte auf, wo sich in jedem Stockwerk die Feuerlöscher befanden. Lea hielt alle zur Ruhe an. Max prüfte die Situation auf mögliche Rauchentwicklung und meldete, der Fluchtweg über das Fenster sei noch sicher. Langsam drang durch den Spalt unter der Tür Rauchgeruch. Unter uns Erwachsenen breitete sich Panik aus. Wenn sich unsere Kinder so verhalten hätten, wie wir uns in diesem Moment verhalten haben, nämlich zuerst schockstarr, dann zögernd, dann darauf wartend, dass irgendjemand die Initiative ergriff, wodurch wir wichtige Sekunden verstreichen ließen, hätten wir sie geschimpft.

Dann nahmen wir uns doch endlich zusammen. Eva prüfte die Fluchtwege, Christine und ich holten die Feuerlöscher, Judith hielt die Stellung an der Tür und beobachtete die Rauchentwicklung, Sebastian befeuchtete Tücher, die wir uns im Fall der Fälle um Nase und Mund hätten binden können, nur Paul Bründlmayer stand weiterhin völlig apathisch da.

Ich begann, mit dem Feuerlöscher auf die Tür einzuhämmern und Eva brüllte von unten: „Es ist alles versperrt." Aus dem Matratzenlager hörte ich in einer Verschnaufpause, dass Konstantin durchzählte und die Vollständigkeit der Gruppe feststellte, dann leitete er die anderen mit ruhiger Stimme an, die Leintücher für eine Rettungsleiter zusammenzubinden. Klara solle währenddessen ans Fenster gehen und durch Rufen und Winken auf sich aufmerksam machen.

Keiner von uns Erwachsenen hatte sein Handy parat, um einen Notruf zu tätigen, also hämmerte ich weiter auf die Tür ein, bis sie nachgab.

Vor uns loderten die Flammen in die Höhe, Pölster und Decken brannten. Christine begann routiniert zu löschen, nach ein paar Momenten hatte auch ich mich gefangen und unterstützte sie dabei. Judith, Eva und Sebastian brachten Kübel voll Wasser.

Als der Brand endlich gelöscht war, ich mit dem Fuß ein paar verkohlte Pölster zur Seite schob und atemlos den Raum betrat, sah ich erst, dass die Kinder aufgereiht auf dem Matratzenlager saßen und dabei waren, die Leintücher zusammenzubinden. Das Fenster stand weit offen, das war wohl der gedachte Fluchtweg gewesen. Sie schauten uns unsicher, vielleicht sogar verängstigt an. Ich war fassungslos. Offensichtlich wollten sie das Haus in Brand stecken.

„Papa, es tut mir so leid, aber ich will keine Angst mehr haben", sagte Klara, die am Fenster saß, und dann streckte sie mir die Arme entgegen wie als Kleinkind und das Herz ging mir auf. Ich wollte brüllen, aber ich hatte schon genug gebrüllt, ich hatte Konzepte von Sicherheit und Pädagogik und Therapie im Kopf, dabei war alles so klar und einfach. Wir waren irgendwo falsch abgebogen, aber jetzt konnten und mussten wir wieder gemeinsam den Weg zurückfinden. Ich ging an den anderen Kindern vorbei und umarmte meine Tochter, ich spürte den Wind von draußen, ich schloss die Augen, Tränen liefen mir herunter, ich war glücklich, Klara löste sich von mir, lächelte, dann gab sie mir einen kräftigen Stoß gegen den Oberkörper, ich kippte nach hinten, aus dem offenen Fenster und sah in Klaras Gesicht, dass sie kurz keine Angst mehr hatte.

Mir fiel beim ersten Krankenhausbesuch meiner Familie sofort auf, wie entspannt Judith, Elias und Klara wirkten. Kaum war ich ein paar Tage nicht zuhause, sind sie bestens gelaunt, war mein erster Gedanke. Ich fragte nach ihrem Befinden und wie sie denn schliefen. „So gut wie nie zuvor", sagten Klara und Elias im Gleichklang, und Judith bestätigte es mit einem Nicken.

Als Klara auf mich zugestürmt kam, um mich zu umarmen, wich ich instinktiv zurück, so wie sie eine Zeit lang instinktiv vor mir zurückgewichen war, aber im Bett liegend, mit gebrochenen Rippen schaffte ich nur einen schmerzhaften Ruck nach hinten, dann hatte Klara schon ihre Arme um mich gelegt. Sie entschuldigte sich, wieder und immer wieder, und begann zu weinen. Ich sagte, es sei nicht so schlimm, auch wenn ich es nicht meinte, ich wollte bloß, dass sie von mir abließ.

Judith schien sich ehrlich über Klaras Entschuldigung zu freuen, immerhin etwas, denn auf Judiths Entschuldigung warte ich noch immer.

Seit dem Sturz fühle ich mich wie ein anderer Mensch, und es ist kein gutes Gefühl. Ich habe Angst. Aber zumindest habe ich akzeptiert, gerade jetzt habe ich akzeptiert, dass ich unsere Probleme nicht ohne fremde Hilfe in den Griff bekomme. Um mich selbst und meine Albträume werde ich mich später kümmern, zuerst werde ich für Klara und Elias zwei Plätze in einem Ferienlager buchen.

Anfang August fährt Judith für eine Woche nach London, sie müsse sich über einige Dinge klar werden, hat sie erklärt. Ich zeigte mich verständnisvoll, in diesem Moment noch aus Resignation und Gleichgültigkeit, aber jetzt weiß ich, in dieser Zeit werde ich sie kommen lassen, die Tür wird sich öffnen, sie werden sich vermummt nach oben schleichen, sie werden die Kinder abholen, sich als Vollprofis nicht von Schreien und Weinen abhalten lassen, in ein paar Tagen die Kinder zurückbringen und diese werden mir von ihrem langen Traum erzählen, sie werden mir erzählen, sie hätten zuerst große Angst gehabt, weil sie aus dem Bett gezerrt worden seien, bis sie gemerkt hätten, sie seien bloß zu ein paar Hütten nahe bei einem See gebracht worden, dort seien sie mit anderen Kindern zusammen gewesen, sie hätten gemeinsam in einem Matratzenlager geschlafen, sie hätten viele Fragen beantworten müssen, manchmal seien sie von einem Arzt untersucht worden, mehrmals hätten sie eine Mütze mit Kabeln aufsetzen müssen, aber eigentlich sei es ein sehr schöner Traum gewesen, wie ein Kurzurlaub, sie seien oft mit den anderen Kindern im See schwimmen gegangen, auf Bäume geklettert, hätten am Lagerfeuer gesessen und sich Geschichten erzählt und seither träumten sie nicht mehr, aber dieser eine Traum, dieser einzige, an den sie sich jetzt noch erinnern könnten, sei ein sehr langer und schöner Traum gewesen, sie werden keine Albträume mehr haben, und wir werden endlich sorglos und zufrieden sein.

DANK AN

C. und I., meine Eltern und meinen Bruder sowie meine ganze Familie für ihre Unterstützung.

Carina Maier, Ulrike Putzer, Florian Gantner und Severin Fiala für ihre Anmerkungen und Ideen.
Mark Gerstorfer und Clemens Marschall für Fotos und Unterkunft.
Irmi Fuchs für die Gespräche übers Schreiben.
Anja Linhart und Senta Wagner für die gemeinsame und genaue Arbeit an *Die erste Attacke*.

Die Arbeit an diesem Roman wurde mit dem Projektstipendium des BMKÖS gefördert.

ZUM AUTOR

FOTO: MARK GERSTORFER

Jakob Pretterhofer, 1985 in Graz geboren, studierte an der Filmakademie Wien „Buch und Dramaturgie", seit 2023 unterrichtet er dort. Er arbeitet als Schriftsteller, Drehbuchautor und Filmdramaturg und erhielt diverse Preise und Stipendien, zuletzt das Projektstipendium für Literatur 2023/24 des BMKÖS und den Literaturförderungspreis der Stadt Graz 2022. Sein Debütroman *Tagwache* erschien 2017 im Luftschacht Verlag.